TEIAS MORTAIS

**BEL RODRIGUES
FELIPE CASTILHO
JIM ANOTSU
LUISA GEISLER
SAMIR MACHADO DE MACHADO**

TEIAS MORTAIS

Rio de Janeiro, 2023

Copyright © 2023 por Bel Rodrigues, Felipe Castilho, Jim Anotsu, Luisa Geisler e Samir Machado de Machado.

Todos os direitos desta publicação são reservados à Casa dos Livros Editora LTDA.

Nenhuma parte desta obra pode ser apropriada e estocada em sistema de banco de dados ou processo similar, em qualquer forma ou meio, seja eletrônico, de fotocópia, gravação etc., sem a permissão dos detentores do copyright.

Coordenadora editorial: Diana Szylit
Assistência editorial: Camila Gonçalves
Copidesque: Bonie Santos
Revisão: Andréa Bruno e Daniela Georgeto
Projeto gráfico de capa: Amanda Pinho
Projeto gráfico de miolo e diagramação: Mayara Menezes

Dados Internacionais de Catalogação na Publicação (CIP)
Angélica Ilacqua CRB-8/7057

T26	Teias mortais / Bel Rodrigues...[et al]. – Rio de Janeiro : HarperCollins, 2023.
	208 p.
	Outros autores: Felipe Castilho, Jim Anotsu, Luisa Geisler, Samir Machado de Machado.
	ISBN 978-65-6005-066-2
	1. Ficção brasileira I. Rodrigues, Bel.
23-3815	CDD B869.3
	CDU 82-3(81)

Publisher: Samuel Coto
Editora executiva: Alice Mello
Rua da Quitanda, 86, sala 218 — Centro
Rio de Janeiro, RJ — CEP 20091-005
Tel.: (21) 3175-1030
www.harpercollins.com.br

SUMÁRIO

TODAS AS PARTES,
　por Luisa Geisler 9

O CASO DA MANEQUIM DE LUXO,
　por Jim Anotsu 71

O CASO DAS NEFASTAS ASSINATURAS,
　por Felipe Castilho 113

UM OLHAR DEMORADO,
　por Bel Rodrigues.............................. 161

UM CRIME PARA O IMPERADOR,
　por Samir Machado de Machado 199

Sobre os autores................................. 238

LUISA GEISLER

TODAS AS PARTES

1.
20 de junho de 2023

— **BOM, A NOSSA** editora, a Carol, vai chegar amanhã, por causa dessas coisas de voo, né? Mas isso dá a chance de a gente se conhecer e tudo mais. — Georgia Hertz Fonseca faz uma careta com um filtro de panda.

Ela está sentada com as pernas esticadas na fileira do fundo de uma van. Usa um jeans Gucci tamanho 34 um pouco largo nas coxas, uma regata Espírito Santo exibindo braços brancos e tatuados, dreadlocks platinados e um sorriso imenso. É empresária, influencer, palestrante criativo-motivacional e coach. Quem vê seu estilo alternativo nem imagina que seu maior sucesso literário é um romance de época, publicado graças a um *crowdfunding* de quase um milhão de reais.

Alternando para a câmera traseira, Georgia vai apontando os autores e os nomeia, contando como se encontraram no aeroporto e agora estão a caminho de Gramado. Na primeira fileira de assentos, Ana Nassar e Fausto Hoffmann conversam sobre turismo ufológico em Roswell, no Novo México. Ana veio direto de Seattle, depois de fazer uma série de palestras sobre seu livro mais famoso de ficção histórica, *A arte de perder: a verdade*, uma biografia de Elizabeth Bishop que trouxe informações contundentes sobre a orientação sexual da poeta e venceu um Pulitzer. Sorrindo amarelo, Georgia agora apresenta Fausto, um dos idealizadores do projeto de livro coletivo, que publica romances policiais desde os dezenove anos, lembrando a todos que seu livro mais famoso, *Os ensimesmamentos* — dedicado ao seu amigo de infância Ian Ferraz, que se suicidou no ano da produção da obra —, ainda é visto como sua melhor obra, com uma reedição no ano anterior, dado o sucesso de vendas.

Na fileira do meio, Evandro J. de Mendonça dorme apoiado em um travesseiro ergonômico na janela. Georgia assume uma voz intimista e olha para a câmera, dizendo que ela sabe como ser velho é difícil. Ele é conhecido pelos memoráveis e premiados calhamaços de autoficção experimental e sua produtividade de cerca de um livro por década.

Terminadas as apresentações, ela continua:

— Como já conversamos, é claro que tem algumas... questões com esse projeto, né? O Fausto foi... — Ela espia o autor, que segue conversando. — O Fausto teve a situação toda com os trechos daquele livro dele. Mas a questão é que sou honesta com vocês. Aceitei fazer o projeto porque melhor eu do que alguém conivente. Não passarão. E melhor eu participando e apagando trecho racista do que ninguém fazendo nada, né, não? — Ela abre o sorriso de novo.

Pula para o próximo assunto. Reclama do frio gaúcho, em especial em junho. Diz que já precisou tirar o casaquinho da bolsa. Muda o tema falando do novo curso em julho e das cento e cinquenta vagas que já estão quase esgotadas. Diz que há mais informações no canal do YouTube e pede que a sigam lá e ativem o sininho. Avisa que as notícias em primeira mão sempre chegam pelo canal do Telegram. E só arrastar.

2.
15 de junho de 2018

Coluna Painel das Letras, *Folha de S.Paulo*

> Foi divulgada, nesta semana, a nova aposta de ficção nacional do conglomerado editorial internacional Caper & Fischer no Brasil: o romance coletivo *Todas as mãos do assassino*. Escrito a oito mãos por Evandro J. de Mendonça, Ana Nassar, Georgia Hertz Fonseca e Fausto Hoffmann, o projeto será um diálogo com os grandes romances de Agatha Christie, como *Assassinato no Expresso do Oriente*, *E não sobrou nenhum* e *Morte no Nilo*.
>
> Os autores já publicam pela Caper & Fischer, e acredita-se que esta seja a grande aposta do ano para a editora, que conta com apoio financeiro significativo da sede do grupo. Já foram vendidos os direitos de adaptação para o cinema e de tradução para diversos países. Depois de dois anos de reuniões virtuais e escrita coletiva, a editora reunirá os autores em um retiro de duas semanas em Gramado para a aprovação da última versão do texto.
>
> O lançamento do livro está previsto para o segundo semestre deste ano e deverá contar com a presença de nomes importantes do romance policial brasileiro.

3.
20 de junho de 2023

Carolina Ramos, editora da Caper & Fischer, anda de um lado para o outro em seu apartamento em São Paulo. Tem passado as últimas noites em claro, pensando na bomba que era *Todas as mãos do assassino*. Não tinha ideia de onde havia se metido quando sugeriu o romance para Rodrigo e Fausto.

É de sua opinião que Evandro J. de Mendonça, embora seja um bom autor — de tempos em tempos —, só foi chamado por ser amigo de Rodrigo, o Publisher da casa, que achava que o nome dele precisava voltar a circular na mídia. Durante as propostas iniciais de edição, o idoso, sem redes sociais e com romances que nunca venderam muito, acabou convencido pelo valor do adiantamento.

Ana Nassar só foi chamada para que os escritórios internacionais da editora tivessem interesse em publicar o livro em seus respectivos países. A única autora com um mínimo de expressão internacional, mas sem nenhuma experiência em romance contemporâneo, também acabou convencida pelo valor do adiantamento.

Georgia Hertz Fonseca, a queridinha da internet, foi chamada apenas porque seria mais barato, e geraria mais engajamento para a obra, contratá-la como autora do que para fazer uma publi. Com mais de dois milhões de seguidores no YouTube, ela acabou convencida pela possibilidade de internacionalizar sua carreira literária.

Fausto Hoffmann — pseudônimo de Felipe Barros Dias — só foi chamado porque havia ameaçado diversas vezes tirar da editora suas obras com vendas astronômicas. Acabou convencido, também, pelo valor do adiantamento.

Carolina viu a passivo-agressividade permear todas as frases em cada reunião. Sem forças para mediar, já que ainda está em processo de luto pela filha de uma amiga, viu o projeto afundando cada dia mais. A condescendência de Evandro com "jovens de repertório paupérrimo" fez com que Georgia entregasse personagens diferentes do núcleo que havia prometido. Fausto usou tanto a expressão "vocês, que não são autores policiais" que os outros autores criaram um grupo no WhatsApp para falar mal dele. Ana fingiu aceitar bem o apelido "Luciana Gimenez" por usar muitas expressões em inglês.

Apesar de todos terem entregado a primeira versão do texto com semanas de atraso, Fausto atrasou a dele em seis meses. Restou pouco tempo para a edição de um projeto já prometido para aquele mesmo ano. Ao unir os capítulos compostos simultaneamente, o resultado tinha ficado pior que o monstro de Victor Frankenstein. Se fosse o monstro de Victor Frankenstein, ao menos seria um bom livro. Naquelas duas semanas em Gramado, os autores precisariam fazer um milagre para que as vendas compensassem o investimento.

4.

Subindo a Serra Gaúcha, a viagem demora mais que as duas horas e meia previstas. Carolina garantiu aos autores que aquele lugar era uma paz. O dono era um conhecido de um conhecido de uma prima sua, o que se converteu em um bom desconto na reserva. Eles não percebem o momento em que entram no terreno da propriedade, porque nunca veem as grades. Depois de quarenta minutos numa estradinha de brita, chegam à casa estilo chalé colonial alemão.

Um pouco além do jardim, várias araucárias. Mal a van para, dois empregados sorridentes saem da casa. Apesar de serem um casal de cerca de sessenta anos, ajudam o motorista, Georgia e Ana a levar as malas para dentro da casa, sem protestos dos novos hóspedes. Evandro é o último a descer, o que faz com a ajuda de Fausto.

Ao entrarem, são acolhidos por uma lufada quente de aroma de madeira. Atravessam o hall de entrada. Sandro, que se apresenta como o chef e mordomo, corre para saudar todos, ao mesmo tempo que lida com as malas. Selena, a governanta, os norteia:

— À direita ficam a sala de estar e a sala de jantar. É da lareira que vem esse perfume de lenha. — Ela sorri. O grupo avança, como turistas seguindo uma guia. — Aqui fica a cozinha. Fiquem à vontade para pegar qualquer coisa em qualquer horário.

Indica também o lavabo, uma espécie de varanda envidraçada e, além dela, uma piscina ao lado de um jardim com hortênsias e corticeiras-da-serra, verdejantes demais para o inverno. Ao lado da piscina, vê-se uma imensa estátua de bronze de uma mulher de pernas abertas em espacate e mãos para trás — uma iogue ou uma acrobata do Cirque du Soleil carregando nas mãos um cubo, também de bronze. A piscina está coberta.

— A piscina é aquecida, mas temos previsão de chuva. Por isso está fechada. Torço para que o tempo melhore ao longo da semana — diz Selena. — A casa, apesar de antiga, é bastante tecnológica. — Ela bate palmas e as luzes se apagam. Bate palmas de novo e as luzes se acendem.

Na imensa cozinha, com bancadas de mármore cercadas por duas geladeiras, um congelador e um fogão industrial, ela aponta o acesso para uma despensa auxiliar, além dos quartos dos empregados. Reitera: o que quiserem, quando quiserem. O cheiro de carne assando os segue enquanto voltam ao corredor e começam a subir as escadas. Assim como o escritório, o quarto de Evandro fica no primeiro andar, a pedido do autor, que tem dificuldade de locomoção. No segundo andar, a senhora aponta os quartos dos demais. Enquanto fala, o marido sobe e desce com malas, deixando-as em frente aos quartos. Selena também explica que as janelas, portas e persianas têm controle remoto para abrir e fechar, e podem, inclusive, ser sincronizadas com aplicativos de celular. Quem quiser acordar com a persiana abrindo devagar pode programá-la no app, se entender de tecnologia, ou pedir uma ajudinha. Claro que também é possível fazer tudo manualmente, são instalações mais recentes, e eles mesmos não perderam o costume de abrir e fechar tudo com as mãos. Ela indica que há frigobar completo, chaleira elétrica, café, chá e alguns lanchinhos nos quartos, além de telefones de linha.

— Não há sinal telefônico ou de internet, exceto pelo nosso satélite particular. E às vezes falta luz. Por via das dúvidas, recomendo que anotem os números que possam ser do interesse de vocês. — Ela sorri. — Nem todo mundo sabe telefones de cor hoje em dia.

Georgia resmunga que, de fato, seu 5G não pega ali e interrompe a explicação para pedir a senha do Wi-Fi. Todos sacam os celulares e anotam. Há estátuas de bronze em todos os recintos pelos quais passam. São de tamanhos variados, com talhos irregulares, traços brutos gerando reentrâncias e concavidades. Em geral, são pessoas em poses insólitas com um objeto geométrico sobre uma base quadrada. Há uma peça de uma mulher sentada de pernas cruzadas em lótus com um losango no colo. Exceto pelas estátuas de bronze, a casa inteira parece ser de madeira: há poltronas, bancos e assentos por todos os lados, ornados com almofadas e pelegos. Os corredores são cheios de estantes com volumes grossos. A madeira estala.

— Todas as torneiras são aquecidas a gás, até as das pias, então é só abrir o registro da esquerda. — Ela para na frente de outra porta. — Também tem o escritório, mas confesso que foi improvisado a pedido da editora... — Ela abre a porta para revelar um quarto com uma mesa longa encostada na parede, quatro cadeiras de madeira com estofado de tecido, impressoras e abajures verdes. Apesar da madeira, o lugar tem o ar de uma repartição pública, com crochês de vó e uma estátua de bronze. — São cinco impressoras, mas só uma funciona... Os quartos também têm escrivaninhas, se não quiserem compartilhar o espaço.

Em algumas paredes, há aquecedores convectores de parede soltando mais calor dormente. Outras paredes são ocupadas por tapeçarias. O grupo segue até terminar numa espécie de sacada, também envidraçada, com poltronas cobertas com lã de ovelha, todas voltadas para uma televisão de oitenta e seis polegadas. Enquanto, ao fundo, o mordomo desvia de uma estátua de bronze no corredor carregando a última mala, ela termina os avisos:

— A programação que recebemos da editora é de servir entrada para o jantar às oito. O café da manhã fica disponível até as dez e meia, e nós dois estamos sempre à disposição, mesmo se não estivermos à vista. Fiquem à vontade para desfazer as malas e se arrumar, mas, se preferirem o jantar no quarto, é só pedir.

Há um burburinho geral de que seria bom comerem juntos na primeira noite, para conversar e relaxar, já que, com a chegada da editora no dia seguinte, será "só trabalho". Ana anuncia que vai tomar banho e pede que o mordomo lhe traga uma dose de uísque. Evandro comenta que o que ele quer mesmo é descansar os olhos por um instante. Há um pouco de conversa no corredor, e os autores se retiram.

A governanta e o mordomo aguardam que cada uma das portas se feche para que nada falte a ninguém.

— O dia parece estar fechando, não é? — Ela aponta para a sacada.

— Logo chove. Já passa das seis — ele concorda. — É bom conferir se o sistema de segurança está ligado.

Ela assente.

5.

Quando Ana entra na sala de estar, Georgia e Fausto já estão sentados nos sofás perto da lareira. A sala se divide em dois ambientes. Neste, há sofás e poltronas grandes ao redor de uma mesinha de centro, de frente para a lareira, e uma estante baixa com jogos de tabuleiro com pouco uso.

Ao lado da estante, há uma escultura de bronze de um homem com as pernas esticadas para cima. Os ombros, o tríceps e o crânio se apoiam no chão, o antebraço e as mãos dão suporte para as costas. O resto do corpo é reto, perpendicular ao chão, e termina com pés em ponta. *Sarvangasana*, a vela. Todas as partes. Quase no teto, equilibrada nos dedões, há uma bola de bronze do mesmo material da base. Ana pausa um instante na frente da estátua e franze a testa.

A madeira da casa estala. Do outro lado do recinto, com um desnível separando os ambientes, há uma mesa de jantar para dez pessoas. Um pouco ao fundo, há uma espécie de mesinha de apoio, contra a parede, uma cristaleira tipo bar e adega com um espelho. Na bancada da cristaleira, há copos e taças virados para baixo, além de acessórios para drinques. Apesar da lareira num extremo do recinto, há um aquecedor convector nesta parede. Ana descansa seu copo de uísque vazio junto aos outros e vai até os colegas nos sofás.

Eles bebem, conversam e riem ao redor da mesinha de centro. Quando o mordomo traz outro uísque para Ana, ela pede que deixe a garrafa por perto. Há uma tábua de quitutes e acepipes tradicionais da Serra Gaúcha na mesa de centro. Ela pega uma bolacha de água e sal, uma fatia de queijo de ovelha e finaliza com chimia de figo. Georgia bebe um vinho branco produzido na serra gaúcha de uma uva chamada Goethe e o elogia. Tira várias fotos para os stories do Instagram, brincando que "escritor que se preze precisa beber Goethe". Fausto está com um drinque transparente cheio de gelo à sua frente. Sentindo um arrepio só de ver o gelo, Ana pergunta:

— Nesse frio, você está bebendo...?

— Gim-tônica — responde ele. Ela assente com a cabeça e, antes que possa falar, ele completa a frase: — Estou numa dieta *low carb*. A tônica é zero.

Ana bebe mais do uísque, temendo perguntar mais e gerar uma daquelas ladainhas de dieta cetogênica e jejum intermitente, que só seria pior do que a ladainha de Georgia sobre vegetarianismo que ouviu durante o trajeto.

— *Low carb* na serra? — Georgia gargalha. — Era só o que faltava!

Eles riem entre si. Georgia fala sobre como é apaixonada por *Os ensimesmamentos* e de como é um livro brilhante.

— Aquela entrevista que você deu pro *Roda Viva*, em que você falou do seu amigo, o...

— Eduardo. Ele foi essencial para eu escrever o livro.

Em seguida, Fausto retoma o irritante apelido de Luciana Gimenez para Ana, falam do casamento de Fausto com seu namorado de muitos anos, discutem o investimento da editora para levá-los até ali, comentam que a casa e a propriedade são imensas. E com empregados de plantão? Os direitos para filme tinham que ter sido vendidos por uma nota para valer a pena...

— Aliás, já receberam o adiantamento? — pergunta Ana, deixando o álcool relaxar seus músculos.

— Nem sei o valor do adiantamento pro filme — diz Georgia. — Falei "manda pra minha agente" e pronto.

— Eu pedi as datas de pagamento — diz Fausto — e me disseram que seria depois do fechamento. Lá pra 15 de julho.

— Você não tem agente também? — diz Ana. — Achei que alguém do seu calibre trabalharia com um.

— Eu não tiro dinheiro de vista. — Ele dá uma gargalhada. — Tenho uma agendinha e uma agente. Se ela não repassa até os centavos...

— *Por isso* que você ganha dinheiro com seus livros. — Ana se esparrama no sofá. — Eu nem tenho dinheiro pra ter em vista.

— Mas você ganha em dólar, não? Pra mim, o negócio agora são os cursos — interrompe Georgia. — Oficina, evento, fala pública. Venda de livro? Dez por cento de qualquer coisa? Pff, que nada! O negócio é, ó — ela aponta o celular —, engajamento. Engajamento e curso.

Ana suspira. Ao fundo, o mordomo circula ao redor da mesa de jantar, colocando toalha, jogos americanos, pratos e talheres, taças e copos.

— Um que não sei como se vira com dinheiro é o... — ela olha na direção da porta — Evandro. Ele quase não fala em público, mal escreve uns livros que ganham uns prêmios...

Ana se cala por um instante. Olha para a porta mais uma vez.

— E o Jabuti é só uns três mil reais, não é?

— Não sei? — Georgia completa o copo de uísque e posiciona o celular para fotografar a mesa de centro.

— A esposa dele era anestesista — diz Fausto. — Era sustentado. Depois que ela faleceu, ele ficou com um apartamento próprio, mas os filhos ajudam, acho.

— Como você sabe disso? — Ana bebe enquanto Georgia escolhe o filtro que mais orna com a comida.

— Fui um grande leitor dele. — Fausto gesticula para o mordomo, pedindo outro gim-tônica. — Tônica zero, não esquece. Capricha no gim.

Ana aproveita para pedir outro copo, achou um pelo no anterior, depois emenda:

— *Foi* um grande leitor?

— Uma das minhas primeiras mesas como autor, em público, foi com ele... Por volta de 2002. Não mudou nada do que é hoje, foi um grosseiro de marca maior, disse que literatura policial não era livro, que era tudo — ele assume uma voz pomposa — "formulaico". Disse que policial e mistério eram literatura de criança.

— Se te consola — Georgia não levanta os olhos do celular —, ele odeia todo mundo.

— Odeia a gente também. — Ana ri.

— Ele só gostava das pessoas da geração dele. Lenor, Chabré, F. Getz, só os homens brancos.

— Mas esses, sim, eram gênios. Obrigada — diz Ana para o mordomo que trouxe outro copo. — E agora estão todos mortos.

— Menos ele — diz Fausto.

— Por enquanto, né? — Ana franze a testa. — Ah... Não quis dizer que ele ia... estava... era...

— Era um gênio da própria geração? — Fausto sorri.

6.
18 de maio de 2021

Post de Renata H. H. Arruda no Facebook

> *Oi, gente. Queria agradecer as orações de todo mundo, o apoio de amigos e família. Infelizmente, hoje, às 5h26, a Bianca faleceu. A gente pensou que tinha encontrado ela a tempo, e a tentativa de reversão até ajudou, parecia que ia ser eficaz, mas não foi suficiente. Ela aspirou o próprio vômito, teve uma parada cardiorrespiratória e não respondeu à ressuscitação.*
>
> *Não consigo expressar minha dor aqui. Só sinto raiva, por isso venho falar a respeito das minhas postagens anteriores: falei com amigos advogados e, com o que temos no momento, não há como processar a pessoa que citei. Não posso nem mencionar a pessoa, o blog, as redes sociais, os canais, os seguidores ou os cursos. Mas uma amiga me avisou que dias antes a Bianca tinha perguntado se o Rivotril era um bom jeito de despertar a criatividade.*
>
> *A gente gastou mil e quinhentos reais num curso para escritores iniciantes. Um curso em um grupo altamente personalizado, que dizia ajudar no desenvolvimento de novos talentos, que prometia mundos e fundos. E nesse curso a blogueira disse, em tom de brincadeira, que escrever sob o efeito de benzodiazepínico poderia ajudar a libe-*

rar a criatividade. Só posso deixar meu repúdio e dizer que é uma irresponsabilidade imensa.

Entrei em contato com a pessoa que achei que estivesse envolvida, e a assessoria dela me respondeu que ela nunca faria uma piada dessas, em especial por saber que muitos dos participantes eram menores de idade. É o caso da Bianca. Não vou divulgar muito a respeito da situação jurídica, mas estamos tentando buscar testemunhas pra ver soluções.

A solução ideal, claro, seria a construção de uma máquina do tempo.

Sigam orando. Agradecemos todo o amor que recebemos.

Hoje ainda divulgo informações sobre o funeral.
Bia, te amo.

7.
20 de junho de 2023

Georgia acha graça de um meme que lhe enviaram por mensagem. Interrompe a conversa para mostrar a montagem que fizeram com os quatro Beatles clássicos junto de Pete Best. Em vez dos músicos, no entanto, estão os rostos dos autores do romance a oito mãos e uma outra pessoa.

— Quem é o Pete Best ali? — Ana aponta para a foto. — O fantasma do Eduardo? — Ela olha para Fausto, que apenas balança a cabeça, rindo.

— O cara lá que fez todo um alvoroço — Georgia responde. — Martin alguma coisa. Publicou em tudo que era rede social que tinha sido contratado, mas se desentendeu com a editora, uma coisa assim, começou a xingar...

— Você não viu isso? — Fausto interrompe.

— Foi antes da primeira reunião — Georgia ainda olha a foto —, não foi?

— Ele nunca foi contratado. — Fausto se vira para Ana. — Foi cotado, conversaram com ele... Só que teve influência de cima pra chamar o Evandro.

— Sério?

— Seriíssimo. Precisam que o Evandro apareça. Tem uma geração de leitores que nem sabe quem ele é.

— Eu mesma só li pro vestibular. Mas, falando nele — Ana se vira para o mordomo —, não tá na hora, não?

Sandro para onde está, segurando um naco de parmesão e um ralador. Tem um pano de prato no ombro e uma careta no rosto.

— Pois a Selena foi chamar e... faz um tempo... acho que ela até me chamou, mas... — Ele faz que não com a cabeça. — Mas ainda não voltou, não...

— Deixa que eu vou chamar. — Ana se levanta. — Pode terminar de servir o jantar, Sandro.

8.

Apesar da formação em jornalismo, Ana sabe como conferir sinais vitais, por causa dos filmes. Tocou o pulso. O pescoço. A pele de Evandro é fina, ele é um homem branco quase transparente. Ela se afasta. Chama os outros.

Do lado de fora, começa a chover, e as gotas de chuva pesam na janela. Evandro está numa poltrona, voltado para uma grande janela, de costas para a porta. Na mesa ao lado, os óculos fechados sobre uma edição de capa dura de *Khadji-Murát*, um chá preto esfriando. As mãos cruzadas sobre o colo, as pernas esticadas num apoio de pernas em frente à poltrona. Uma mantinha de patchwork cobre as coxas.

— Ele parece estar dormindo — diz Fausto depois de olhar o corpo.

Ana toma um gole do uísque. O quarto está gelado.

Nenhum dos presentes é especialista, mas esperam que Fausto, por ter familiaridade com morte e descrição de assassinatos, saiba algo a mais que o resto deles. Ele não parece saber. Até onde Georgia, Ana, Fausto e Sandro constatam, o homem está morto. Não respira, não reage a água, ninguém detecta batimentos cardíacos. A janela trancada chacoalha com o vento, gotas pesadas de chuva batendo no vidro.

— Não parece uma noite boa pra morrer — diz Georgia.

Ana franze a testa.

Voltam para a sala e se sentam. A internet continua instável, então ligam para a polícia com o telefone de linha. Sandro é quem fala, por saber explicar a localização. A voz é firme. Desliga e começa a chamar uma ambulância.

— Vocês têm carro? — questiona Ana. — Acho que algum de nós vai ter que ir à delegacia, ou ao hospital, seja lá pra onde forem levar o homem.

— Justo essa semana o carro está no conserto. — O mordomo aperta os lábios. — Posso ligar para o motorista, mas... — Ele aperta ainda mais os lábios. — Confesso que gostaria de poder tirar um instante para procurar minha esposa.

Os autores se entreolham. Ana se dá conta de que nem havia sentido falta da governanta. Ninguém responde, mas o mordomo entende como uma permissão, afastando-se. Fausto se aproxima da lareira, afasta a tela protetora e se senta em frente ao fogo. Ele cutuca alguns tocos com o espalhador de brasa, acomoda pedaços menores de lenha. Ana aponta para os botões: a lareira tem uma modalidade a gás também. Pode queimar a noite toda, se necessário.

— Eu sei, mas a lenha tem seu charme — Fausto diz. Ele segue mexendo, e a sala de estar é tomada pelo calor. Ana sente um arrepio.

— Vocês não acham que...? — ela começa.

— Não! — diz Georgia. — Ele era um senhor. Morreu dormindo que nem a velhinha do Titanic. — Ninguém ri.

— Mas e a...?

— Deve estar na cozinha. — Georgia se inclina sobre a tábua de frios, agora ainda mais fria. — Loguinho ela aparece.

Todos ficam em silêncio, o crepitar da lenha e as gotas pesadas de chuva ao fundo. Georgia pega o telefone.

— Não consigo ficar parada.

Ela mostra a tela: está ligando para a editora. Fausto recoloca a grade da lareira e retruca:

— Ah, sim, porque, de São Paulo, ela vai saber exatamente o que... — Ele se interrompe. — Oiê!

A imagem trava bastante enquanto se cumprimentam. Não se desculpam por ligar tão tarde. Ela os cumprimenta, pergunta da viagem, e, antes de qualquer resposta, Georgia puxa:

— O Evandro foi de arrasta pra cima.

— Oi? — Carol diz. O áudio não bate com a imagem.

— O... Evandro faleceu — Ana tenta ajustar. — Acho que... dormindo.

Não fica claro se foi Carol ou a imagem que travou, mas a expressão da editora congela numa careta.

— Faleceu? Dormindo? Do que vocês estão falando?

Explicam de forma atropelada. Ele demorou para descer para o jantar, mandaram a governanta, ela não voltou, Ana foi atrás, tentou acordá-lo, ele não acordou. Sim, já chamaram a polícia e uma ambulância. Não, o carro de Sandro e Selena não está funcionando. Sim, pediram ao motorista que venha buscar, mas ele avisou que demora por estar escuro e chuvoso. As respostas são intercaladas por perguntas como "até onde você me ouviu?" e "vocês estão aí?", pela inconstância da internet. Em algum momento, a editora pergunta se alguém viu algo, mas é num dos momentos em que a ligação falha. Depois da terceira vez em que não é ouvida, Carol repete alto e devagar:

— Eu... ligar... filho. — Ela pausa. Os autores confirmam que ouviram. — Também... aviso... imprensa... mais tarde. — Ela pausa. Os autores confirmam. — Talvez... de madrugada. — Ela pausa. Autores confirmam. Ela fala mais alto: — Me... mandem... notícias. Tá bem? — Pausa. Confirmam. — Assim... chegarem... — A imagem corta. Ela trava. Ela volta. Faz uma careta. — Assim que a polícia chegar. Qualquer notícia, tá bem? — Eles confirmam. — Liguem a cobrar de orelhão, mandem SMS, o que for.

Desligam. Georgia resmunga que não está conseguindo checar o Twitter. Ficam em silêncio. Decidem ir para a mesa de jantar. Sobre ela, há sopa de capeletti, queijo colonial e parmesão para ralar, uma tábua de frios com salame e caponata e também uma garrafa de vinho fechada. Na mesinha auxiliar, um balde com latinhas de tônica zero açúcar perde o gelo. Na cristaleira, outras garrafas de sucos, refrigerantes, bebidas alcoólicas, com destaque para uma garrafa de gim Monkey 47 e um Glenfiddich 15 anos.

A madeira na casa estala, tudo cheira a carvalho. Ana beberica o uísque. Sandro retorna, o rosto vermelho.

— Eu... — Ele olha para os lados. Fausto vai até ele.

— Não achou.

Sandro faz que não com a cabeça. Fausto o guia até a mesa e o acomoda numa cadeira. Ana ajeita um guardanapo sobre as pernas, fazendo carinho:

— Ela já deve aparecer.

O mordomo repete o gesto negativo, olhando para o vazio. Georgia, mastigando um pedaço de queijo colonial, estende a tábua de frios para ele. Ele recusa. Ana preenche um copo vazio com uísque e o oferece ao mordomo, que aceita. Ele bebe um pouco e consegue falar:

— Esta casa não tem compartimentos secretos. Não tem um *mistério*, entende? Um porão, um sótão, um... um... — O copo fica suado.

— ... um alçapão? — pergunta Fausto.

— Não tem.

— Você conferiu os quartos?

— Não me ocorreu invadir a privacidade de vocês, só abri as portas e chamei por ela... Se não encontrei a Selena na casa, não tem onde encontrar. Tenho medo que...

Ninguém diz nada. Mas ele não continua. Ninguém precisa que continue. Georgia larga o celular e come queijo colonial. Ana bebe uísque e torce para se embebedar logo. O mordomo nota que o balde de gelo está quase líquido e decide trocar. Ninguém o impede. Ninguém o segura. Ficam os autores.

— Pobre homem — diz Fausto.

— Mas... — Ana diz, um pouco bêbada — talvez... e se...

— Já andou bebendo além da conta? — Georgia dá uma risada. — Termina a frase.

— Ela pode... — Ana tenta soar não bêbada e, como tal, soa ainda mais bêbada. — Ela poderia... ter fugido...?

— Não fala merda. — Fausto olha para ela. — Por que mataria o velho? Nem tem motivo.

— Bom... É. Tá certo.

— Mais provável um velho morrer dormindo ou...

— É. Navalha de Ockham e tal. — Ana mexe o copo de uísque, observando o gelo derreter. — Sabe, aquela coisa de que a hipótese com menos variáveis é a melhor...

— A gente sabe — Fausto interrompe. — Ninguém aqui é retardado.

— Sabe que essa palavra...

— Sei — Fausto interrompe de novo, olhando firme para Georgia.

O mordomo retorna, coloca o balde na mesa de apoio, agora há limoncello e Amarula, além das latinhas de tônica. Ana se levanta. Não está tão bêbada quanto os outros acharam e, para as circunstâncias da noite, ainda não está bêbada o suficiente.

— Alguém fuma?

— Você não fez um textão no seu Insta sobre ter parado? — diz Georgia.

— Fiz. Mas era sobre parar de fumar *tabaco*. — Ela vai para a sala, onde deixou seu casaco de couro no cabideiro.

9.
8 de janeiro de 2022

Fausto Hoffmann e sua agente, Maria Teresa Sánchez, trocam mensagens no WhatsApp.

> querido, conseguiu se acalmar?

>> nunca kkk

> vixe

> pzé, tá foda aqui

aconteceu mais alguma coisa?

> acho que a lua de mel acabou, sabe?

como assim?

> ah, um reclama que jovens autores pipipi popopó

pipipi popopó kkk

> não ri, é sério
>
> a outra palhaça confirma todos os preconceitos e mais um pouco
>
> uma terceira tá cagando pra todo mundo

e vc tentando mediar

> sim, a única pessoa racional
>
> num manicômio

amado, vc tem que lembrar que seu objetivo tá no longo prazo

seu objetivo não é agradar essa gente

> claramente não é entender tb
>
> vc tem razão

e vc já é cheio de ranço com esse povinho que eu sei

> aff a vontade é de cair na porrada

e eu acredito kk

difícil resolver no diálogo

> aff diálogo é o nome do meu taco de beisebol

10.
20 de junho de 2023

Depois do indigesto jantar, ficam o mordomo, Fausto e Georgia descansando os respectivos pesos nas almofadas dos sofás em círculo. Cada um ocupa uma poltrona ou sofá inteiro para si, como em pequenos fortes. Georgia fotografa a silhueta de Ana fumando sob uma varandinha depois da porta, um isqueiro acendendo, a fumaça se espalhando. Do lado de fora, a chuva fica mais pesada. Georgia pensa que Ana poderia ser tão bonita se fizesse uma harmonização facial, essas coisas nem são caras hoje em dia... E maconha faz tão mal para a pele! Ela mesma parou qualquer relação com droga ilícita depois de... Bom, o importante era parar. Ela toma um gole de seu vinho Goethe e pensa que talvez nem seja tão bom assim. Logo, o calor de dentro da sala cria uma névoa na janela que permite apenas que se veja o brilho da ponta do beque de Ana.

— Já ouviu falar de *Among Us*? — Fausto questiona.

— O jogo? — Ela olha para Fausto, que brinca com os copos sobrando na mesa.

— É. Você conhece a estrutura?

— Uns seguidores me mandaram print. Entendi foi nada.

— Eu nunca joguei, pra ser honesto — ele diz. — Sempre pareceu meio... meio bobo, sei lá. Mas gosto da estratégia, teorias dos jogos, vi vários vídeos.

— Ah, você acompanha *live streamings* de *Among Us*, mas nunca jogou?

— Eu gosto de ouvir as pessoas discutindo! E ajuda com enredo policial. — Ele ri. — E tem uns youtubers que...

— Você tá se revelando com suas referências hoje. Uma hora é leitor assíduo do Evandro J. de Mendonça, agora conhecedor de *Among Us*...

Ele sorri e dá de ombros. Ela olha para a mesinha, com mais copos do que pessoas ao redor. Tenta se voltar para a porta e ver se Ana ainda está lá; olha para Sandro, que está sentado tentando fazer ligações.

— O que quero dizer é que tem uma estratégia que era bem básica, até. É: se te acusam, você...

Ele pausa, ela nota que ele quer que ela complete a frase. Ela não tem a resposta, mas tem certeza de que Fausto se sente superior por saber a tal estratégia. Ele segue:

— A estratégia é: se te acusarem, acuse de volta.

— Ah. — Ela faz que sim com a cabeça. *É claro* que seria algo simples assim.

— Idealmente, você acusa quem te acusou.

— Por que você tá falando isso?

— Não é estranho que a Ana tenha começado a falar da governanta daquele jeito, assim... do nada?

— Ela tá com medo, ué.

— Ou...

— Isso é neura da sua parte. — Ela olha na direção da varanda para ver se Ana está voltando.

— Você, que não é uma escritora policial, precisa aprender que... — ele começa. Ela ri pelo nariz, o que o faz parar. Ele cruza os braços, voltando-se para Sandro, que mexe no telefone. Ouve-se a voz de alguém do outro lado da linha. Sandro se levanta, falando "alô?", e caminha procurando um sinal melhor.

A distração permite que Georgia se recomponha. Ela elogia a caponata de berinjela, além dos pinhões quentinhos. Fausto também elogia o salame artesanal, mas ela não está ouvindo. Odeia a si mesma por estar comendo tanto por impulso, mas a ansiedade... E ela sabe que um jejum intermitente e um *detox* podem resolver isso mais tarde. É a Serra

Gaúcha, afinal! E um homem morreu... Se tivesse sinal, ligaria para o seu terapeuta, o Gui, e falariam de técnicas para prevenir o ataque de pânico que ela pressente chegar. Não agora. Não agora. Precisa de água gelada, precisa enfiar o rosto na água, prender a respiração. Ela diz de boca cheia:

— Cê sabe que eu sou vegetariana, né?

— Mas salame nem é carne — ele diz com um sorriso. Ela ri de volta, porque entende a referência a um personagem dele.

Ouve-se granizo bater com peso na janela.

— Você se importa muito com cheiro de maconha? — Ele se levanta.

— Não.

— Vou dizer pra ela entrar. Se quer tanto fumar, que fume aqui dentro, né?

— Pode até tomar o uisquinho junto.

Ela se levanta também. Mãos geladas. O som da lareira crepitando se mistura ao de chuva, granizo e trovões na sala de estar vazia.

11.
9 de setembro de 2021

E-mail de Evandro J. de Mendonça a seu amigo Martin Melo Mourão

> **assunto: Re: não foi desta vez :(**
>
> Prezado,
> Peço perdão por te responder tão tardiamente. Fui tomado de surpresa pela notícia de tua exclusão e quis confirmar com a editora. Sinto uma pena imensa. Co-

nhecemo-nos tem tanto tempo e nunca tentamos coadunar nossas iniciativas literárias!

Por outro lado, agora que entendi no que fui incluído, não lamento a tua ausência. O romance coletivo a oito mãos a que fomos convidados certamente resultará em desastre. Hoje — ciente do que estou ciente —, não recomendaria a leitura do resultado. Tampouco recomendaria a tua participação. Meus coautores são um grupo de corpos secos basbaques e, mesmo se te agregássemos à idiossincrática iniciativa, seguiria medonho.

Um dissabor. Bem, *ad astra per aspera*, não é mesmo? Se eu puder ser de qualquer ajuda, coloco-me à disposição. E sabes que não sou uma pessoa que joga palavras ao vento. Haverá outras oportunidades de unir nossos talentos, estou certo. Quem sabe não fazemos nosso próprio projeto a quatro mãos um dia?

Com afeto,
Evandro J. de Mendonça

12.
20 de junho de 2023

A chuva faz o cabelo cacheado de Fausto escorrer sobre a testa. Há dois corpos caídos à frente dele. Fausto olha para os lados, coça a nuca. Sua expressão é a de um turista que não fala outro idioma além do português na plateia de *O Fantasma da Ópera* na Broadway. Ele olha para todos os lados, as duas pessoas caídas ali. O turista monolíngue entende movimentos e cores, mas seus gestos revelam que perde alguma informação crucial. Há um desencaixe entre Fausto e aquelas pessoas, a ausência de alguma parte essencial de um enredo. O desencaixe que permite o maravilhamento. O maravilhamento que também é o medo.

O corpo de Selena está em um canteiro de flores. A cara está socada na terra, como se sufocada. O canteiro é o que fica sob a janela do quarto de Evandro.

— Bom, o Sandro realmente procurou dentro da casa inteira — resmunga Fausto.

Sobre o corpo da governanta, Ana, o beque ainda na mão soltando uma fumaça que se misturaria a todos os cheiros trazidos pela terra molhada. Sua cara pousada num saco plástico preto. Fausto dá alguns passos para os lados, dá a volta nos corpos. O turista que acha que entendeu uma palavra. Mas não entendeu. Fausto resmunga, ainda sozinho:

— Tudo foi uma grande distração... Os barulhos, um saco de lixo. — Ele assente com a cabeça. Por um instante, sente que sabe todo o enredo. — Sufocada de forma banal.

Enquanto fala, Fausto move as mãos: primeiro, limpando o rosto, depois, aproximando a mão dos corpos, mas afastando no último momento. Não os toca. Franze os lábios e a testa, depois os relaxa. Massageia a têmpora. Fausto olha para o exemplar de *Crime e castigo: volume 2*, uma edição antiga e de capa dura. O livro está caído na chuva. Fausto morde o lábio ao olhar água e lama arruinarem o exemplar.

— Se eu fosse Poirot, diria que fica claro que... ao tirar uns russos da estante, Evandro impeliu alguém a literatizar a cabeça de Selena com Dostoiévski.

Ainda está agachado. A chuva ainda desce sobre ele, além de algumas pedrinhas de granizo.

— A vontade é de tirar, né? — Ele olha para os lados, como se falando com os outros personagens do musical, personagens que nem o veem mais. — Mas é melhor deixar onde está, pode ser evidência de alguma coisa. — Ele se levanta, joga o cabelo para trás. Passa o braço na testa, a cara segue molhada. — Eu sou um autor policial, afinal de contas. E sei de quem vão suspeitar.

13.
14 de agosto de 2008

O trecho a seguir está no minuto 58 de um vídeo de uma hora e quinze. Alguém o encontrou e recortou apenas o trecho com Fausto, que estava lançando seu quarto livro. Na época, Ana Nassar compartilhou o trecho e comentou: "Quando o sujeito é autor jovem, fala cada coisa...".

> O palestrante é um crítico literário reconhecido que lançava seu livro de ensaios na Bienal Internacional do Livro de São Paulo. Após uma conversa com o mediador, uma pergunta da plateia. Um rapaz se levanta. É meio esquálido, veste uma camiseta do Metallica, colete xadrez e uma bermuda jeans. O cabelo parece oleoso demais, ou o rapaz está suando demais. Ele treme um pouco.
> — Foi você que resenhou meu livro pra *Folha*? — Ele olha diretamente para o mediador.
> — Qual o seu nome?
> — Fausto Hoffmann.
> — Você escreveu um livro excelente.
> — Mas a sua resenha deu uma estrela e meia.
> — A meia estrela a mais foi em respeito ao *Os en-simesmamentos*, que é excelente. Eu resenhei o seu segundo livro, que não é tão excelente assim. — O rapaz

começa a caminhar em direção ao palco, enquanto o crítico continua: — Você tem que concordar que a qualidade do conflito em *Os ensimesmamentos* é muito maior. O seu segundo livro, eu insisto, tem um conflito pior que o estreante.

— E você é um retardado que não entende de literatura — grita Fausto.

Os seguranças impedem seu acesso ao palco.

14.
20 de junho de 2023

Georgia tem o rosto e os cabelos molhados no banheiro. Parece mais calma também. Respirando, ar para dentro, ar para fora. Permanece calma até ouvir um grito vindo da lateral da casa.

— Pessoal! Encontrei Selena.

Ainda está confusa e não reconhece a voz masculina. Era de Fausto, talvez Sandro? A voz chama outra vez. Georgia caminha em direção ao som, fechando a torneira, saindo, descendo pelo corredor. Suas mãos estão úmidas. Encontrou o quê? Alguém corre e passa por ela. Duas vozes falam. Ela para. O que foi que o Gui sempre falou para ela fazer? Focar nos sentidos.

Ela inspira: *eu vejo um corredor, que tem um aparador. Eu sinto um piso de madeira sob meus pés. Eu sinto minhas meias de lã sob meus pés. Acho que minhas meias estão úmidas. Eu sinto o calor que vem do piso, mas também é do ambiente. Sinto o cheiro de lareira.* Era tão melhor na água. As duas vozes são masculinas. A ligação? E a polícia? Ela não sabe mais se está fazendo perguntas em voz alta ou se está falando com alguém. *Eu sinto cheiro de comida. Eu sinto gosto de queijo de ovelha. Gorda. Gorda. Gorda. Gorda de merda* — não. *A lareira. O cheiro de lenha queimando. O som de lenha crepitando que preenche o primeiro andar inteiro. Eu ouço o granizo e a chuva pesarem contra a casa. Talvez seja o lobo mau soprando a casa dos três porquinhos.* Alguém diz em algum momento que Ana morreu. As vozes. E a governanta também. Pessoas passam por ela no corredor. *Três porquinhos é uma referência idiota. Que imbecil. Eu sou uma imbecil, uma fraude. É por isso que tem alguém nos atacando de fora, um assassino de fora. É essa a história. Isso. Fraude, fraude, fraude. Todo mundo aqui me odeia. O Fausto me odeia. Eu postei no Twitter sobre a "índia" no livro dele. Apontei o racismo de falar que ela obviamente fazia feitiços envolvendo bruxaria, magia negra e conexão com o diabo. E claro que a "índia" no livro dele era a assassina. Além de assassina, peituda e ninfomaníaca. Enfeitiçava homens porque "queria ter filho branco". Se isso não é racismo, eu não sei o que é. E ele ainda argumentou que ser negro lhe garantia a liberdade de ser vilão. E aí eu fui chamada de racista. O que me deixou revoltada. Burraburraburraburra. Como eu ia saber que aquele monte de seguidor ia atrás dele, ia xingar, ia fazer um monte de pais proibirem os filhos de ler o livro? Eu não falei com os neopentecostais! E aí já era além de mim. Eu sei que ele odiou o drama. Ele me odeia. Eu vou morrer. Eu vou morrer. Se Ana estivesse viva, ela ainda me odiaria. Eu fiz uma piada sobre ela numa conferência. Falei que poderia ser paleontóloga, porque vivia desenterrando osso. Ela me odeia. Eu vou morrer. Sinto meu coração bater. Está batendo tanto que vai explodir. Ana me odeia também.*

Odiava.

Isso.

Odiava.

Mas é que racistas não passarão. Foi o que eu disse, não foi? Fausto passa na frente dela, ele e Sandro carregando um corpo. *Burraburraburra inútil. Deveria estar ajudando. Pra coroar, um ataque de pânico no meio de uma série de assassinatos. Porque a burra aqui* — ela apoia o corpo na parede. Toca a parede, tenta se concentrar. *Tem uma tapeçaria aqui. Eu sinto os fios. Tudo é minha culpa. Eu sinto a textura de...*

— Ei! — É Fausto. Está na frente dela. Está encharcado. Ela pisca. — Cê tá bem?

Ela fica olhando. *Fausto tem olhos escuros, uma veia estourada no fundo. Ele é bonito, não é?* Ela sorri, faz carinho no rosto dele.

— Você ser gay... é um desperdício, sabia? — Ela dá uma gargalhada.

— Senta aqui. — Ele a guia até um banco perto da porta. Abaixa-se e fica no nível dos olhos dela. — Georgia, Georgia.

Ela ri. *Desperdício. Olha essa estatuazinha. Que charme.* Ele a belisca. *Ai!* Ela não sabe se falou ou se pensou. Ele fala devagar e alto:

— Georgia. Você sabe onde está?

— No pânico. — Ela ri mais. Ele faz uma careta.

Eu sempre achei que a história de depressão e luta contra a fobia social fosse pra ganhar a simpatia dos seguidores...

Ela não responde. Não sabe se pensou ou ouviu. *Eu sou uma fraude mesmo, tudo é pelos seguidores.* Porque é o que dizem. Fausto a está ajudando a baixar a cabeça e respirar. Ele coloca as mãos ao redor de seus ombros.

— Tá tudo bem — ele diz. — Tá tudo bem.

— Não tá.

— Tá tudo bem.

— Tem gente matando gente, não tem?

— Inspira — ele diz. — Vamos lá. Inspira.

Ela inspira. Ele a acompanha expirar em dez segundos. Com calma. Ele se afasta e volta com um copo de refrigerante. Ela bebe sem pensar. Depois, ela se xinga. *Burra, burra, burra, e se ele for o assassino? Refrigerante normal por si só já é veneno, esse tanto de açúcar. Morta por Fausto. O cancelamento final.* Ela ri alto da própria piada, o refrigerante borbulhando na garganta. Fausto lhe faz carinho.

— Eu não morri ainda — ela diz.

— Ninguém vai morrer.

— Eu não morri.

— A polícia já tá chegando.

— Você falou com eles?

Ele para. Olha para ela. Ao fundo, o vento castiga a casa. Fausto tem cheiro de terra molhada e livros (como?). Fausto está imundo de terra e sangue. Fausto afasta o cabelo dela do rosto. Está úmido.

— A... a gente está sem telefone.

— Oi?

— Tudo caiu. A internet... Essa eletricidade aqui vem do gerador.

Ela acorda. Como na vez em que mergulhou nua num lago semicongelado da Noruega, nos fundos da casa de um carinha. Era fevereiro de 2019. Ela também comentou e divulgou o vídeo da Ana. *Não.* Como no lago gelado, ela acorda. Ela apaga.

Tudo se apaga.

Mas não como um desmaio.

Como mergulhar na água gelada.

É óbvio que tem um assassino à solta.

Ela salta em pé. Ela deixa o copo cair. Ela enxerga. Ela se afasta de Fausto e corre escada acima. Não importa quem seja. *Ninguém vai pegar essa porquinha, não.* Saltos nos degraus. *Porquinha gorda cagona*. Fausto a chama enquanto ela corre. Ela se fecha no quarto e vai até a janela para trancá-la.

15.

Fausto se sente sujo. Troca de roupa. Cogita tomar banho. Mas, do jeito que Georgia está agindo, é possível que achem suspeito. Depois de se trocar, abre a gaveta da mesa de cabeceira e pega o revólver, uma Taurus 85 UL, seu orgulho ali. Vai até o corredor.

— Sandro! — ele grita.

Não ouve resposta, mas ouve os passos. Bate à porta do quarto de Georgia.

— Georgia — ele chama. Ela não responde. Ele bate de novo. — Georgia.

Sandro para assim que termina de subir os degraus, uma faca na mão. Vê o revólver de Fausto.

— Não... não é isso — Fausto diz. Ele coloca o revólver numa prateleira da estante de livros. — Eu... Ninguém... Ninguém morreu de tiro. Essa arma tá comigo desde São Paulo. — Ele para, as mãos levantadas. — Espera só um pouco.

Sandro não se aproxima mais, nem solta a faca. Não avança nem recua. Fausto esmurra a porta do quarto de Georgia.

— Georgia! — grita. — Abre a porta! Ou eu vou derrubar!

— Vai soprar e soprar? — ela grita lá de dentro. Ele troca olhares com Sandro.

— Não é bom ficar sozinha agora.

— Como você sabe?

— Porque nos filmes de terror, quando falam "vamos nos separar", todo mundo morre.

— Vai embora.

— Você consegue enxergar as suas costas neste exato momento?

— Vai embora.

— Você já conferiu a suíte? — Ele esmurra a porta de novo. Ela não responde. — Pode ter alguém no seu banheiro neste exato momento.

— Sai.

— Então vai sozinha, vai conferir o banheiro, o box, cada um dos armários. Os armários são grandes: pode ter um acrobata escondido. — Ela não responde. Seus passos estalam na madeira. — Sabia que cabe uma pessoa pequena num armário de cozinha? — Ela fica em silêncio. — Eu sei bem, porque sou um autor policial. — Ela dá uma risada. Ele bate na porta de novo. — Você leu o *Chefs do Inferno*? Eu testei isso pro livro.

Georgia destranca a porta e a abre apenas o suficiente para pôr o rosto para fora.

— Escuta — Fausto diz. — Pode ficar bem aí. — Ele dá dois passos para trás, movimentos lentos, as mãos à mostra. Olha para Sandro e para ela, de um para o outro. — Claramente essas mortes não foram acidentais. Não adianta nada ficar se acusando: a gente vai achar a pessoa mais carismática, não o assassino.

— Que nem no *Among Us*. — Ela sorri para si mesma. Ainda em movimentos lentos, ele faz que sim com a cabeça.

— Que nem no *Among Us*. — Ele aponta para a estante, embora Georgia esteja olhando para o chão. — Olha. Eu tenho um revólver. Está na estante. — Ele pausa e observa a reação dela e de Sandro. Ela assente. — Eu quero ser honesto com todo mundo. Eu trouxe essa arma porque sempre tenho comigo. Eu gosto de ter na mesa quando mando o arquivo pro editor, como na cena do meu primeiro livro. Não sei se todo mundo aqui leu o *Autodestruição*. Eu sou um escritor, eu tenho manias.

Georgia abre um pouco mais a porta e apoia o corpo no batente, os braços cruzados.

— Eu não sei quem está fazendo isso — Fausto diz. — Mas sei que, se nós três vigiarmos, podemos cobrir mais espaço. Vamos pra sala, esperar a polícia ou o motorista. Se o sinal voltar, a gente chama alguém. Quando amanhecer, quando a chuva parar... a gente vai atrás de ajuda. — Ele olha para Sandro e Georgia, que o observam de volta, talvez concordando, talvez à procura de um movimento em falso. — Se nós três nos guardarmos, ninguém de fora ou de dentro pode nos pegar. O... A... A *pessoa*... não vai ter uma chance contra nós três juntos.

Sandro pousa a faca no chão. Os três descem as escadas, o revólver agora nas mãos de Sandro, metade das balas com Georgia e a outra metade com Fausto. Quando chegam à sala de estar, o ar parece pesado com o cheiro da lenha. Eles se sentam nos sofás ao redor da mesinha de centro. Georgia senta de lado em um sofá de três lugares, puxando o pelego sobre as pernas. Fausto ocupa uma poltrona.

16.
23 de agosto de 2022

E-mail de Ana Nassar a sua editora, Carolina Ramos

> Querida,
> Sei que o projeto é importante para você. Não quero ser *condescending* nesse sentido. Mas acontece que é inviável trabalhar com o Evandro. O ego dele é... *out of this world*. Não tem condições. Ele aparece nas reuniões como se tudo que ele fez fosse inalterável, nada

muda. É como se já estivesse morto, já fosse cânone. Eu me lembro do que conversamos no telefone, tá bem, tá bem. E eu sei que te devo uma *big time*. Mas você precisa me prometer que vai falar com ele. Vou explodir uma hora dessas.

Ana

17.
20 de junho de 2023

Em meio à noite iluminada, Sandro começa a recolher os pratos sujos, a comida e a tábua de frios, mas Fausto e Georgia pedem que ele não se incomode.

— Você, de todas as pessoas... não devia — Fausto tenta. Sandro insiste em recolher os itens da mesa, liberar um pouco de espaço. Georgia pega o vidro de caponata antes que ele vá. Sandro acena em negativa.

— Eu... não vou sair. Vou só deixar isso tudo na mesa de jantar, organizar um pouco o... ambiente.

— Se é só levar até a mesa...

Sandro opta por não comentar como ver carne parada lhe causa repugnância. Comida perdendo sabor, temperatura, textura. A sopa na mesa agora devia ser um chá frio com macarrão nojento. Ele tampouco comenta que parece desrespeitoso beber depois de tantas mortes. Não encosta na garrafa de uísque que Ana deixou.

Não há mais queijo ou pão colonial. Georgia pega um garfo e começa a enfiar caponata na boca. Não há sons de mastigação da conserva de berinjela refogada com tomate, pimentões vermelho e amarelo, uva-passa, champignon, alho e cebola em azeite de oliva.

— O quê? Não sou dessas pessoas que usa Rivotril. Preciso de outras coisas pra ansiedade. — Ela engole. Fausto suspira.

Na mesa de jantar, Sandro olha para o revólver; ao lado, as balas. Ele diz:

— Vou abrir uma porta do bar para pegar velas e uma caixa de fósforo — anuncia em voz alta o suficiente para que não ouçam que coloca três balas no bolso. — Está bem?

— Achei que tivesse gerador — diz Georgia de boca cheia.

— Ele não aguenta mais do que duas horas.

As portas e gavetas são pesadas e barulhentas. Ele aproveita a movimentação que cria e enfia a arma no bolso. Sequer olham para ele. Toda a tensão, todo aquele discurso de ficarem juntos e se supervisionarem. Ele sabe como funciona tudo isso. Fausto nem desconfia de que, quando Sandro descobriu sobre sua vinda, reuniu todos os livros do autor que tinha em casa. Em outras circunstâncias, já teria pedido os autógrafos.

Depois de deixar velas apagadas e uma caixa de fósforos na cornija da lareira, ele se senta no sofá de dois lugares mais uma vez e espera. Pega outro pelego de lã e se cobre, para que não se note o volume na calça. Suspirando, serve-se de uísque num copo e toma um gole. Ninguém comenta. Com a outra mão, mexe no celular, embora saiba que não deveria. A bateria. Não é comum que a internet caia por um período tão longo, pensa em dizer. Ele e a esposa eram sempre chamados para trabalhar na casa quando estava alugada e necessitava de cuidado, via Airbnb ou outro método. Havia passado ao menos todos os fins de semana dos últimos dois anos atendendo alguém ali — e nunca tinha visto o telefone ficar sem linha. Por outro lado, também nunca tinha estado tão próximo a um assassinato.

Depois de garantir a própria sobrevivência, pensará na esposa morta.

Depois de garantir que nada de ruim lhe ocorrerá, pensará em Selena.

Depois que tudo isso passar, com o dinheiro do seguro, talvez, um belo funeral.

Depois que tudo isso passar, vai chorar, com tristeza verdadeira, com toda a tristeza que carrega.

Vai ser mais fácil desse jeito.

Depois que tudo isso passar, vai se lembrar do filho que não era dele, afinal de contas.

Depois que tudo isso passar, vai se concentrar no fato de que a esposa o chamou. Ela fora avisar Evandro do jantar. Ele ouviu a voz dela vindo do quarto de Evandro. Demorou. Depois que tudo isso passar, sentirá culpa.

Vai ser mais fácil desse jeito.

O choro é um problema para o Sandro do futuro. O Sandro do presente precisa garantir que tudo vai ficar bem.

18.

A lâmpada da sala pisca. Eles ajustam a lenha na lareira, de forma a fazê-la durar. Os sons de mastigação de Georgia, a caponata no fim, do granizo contra a janela, da chuva no chão, do crepitar da lareira substituem a conversa. Eles esperam. Sabem que os três ali esperam. Pela polícia, pelo motorista, pela tecnologia, pelo telefone, pelo sol, por alguma luz. Esperam porque o oposto de esperar seria desesperar.

19.
9 de setembro de 2022

Áudio de uma paciente para o terapeuta Guilherme R. M.

> Gui, desculpa mandar áudio, eu… E desculpa que… vou precisar remarcar nossa sessão hoje… Acontece que… Ai, olha? Foi o Evandro de novo. Meteu pau no que eu fiz pro romance da Agatha. E eu sei, eu sei, a gente já conversou sobre o DEARMAN, as técnicas de pedir, de comunicar o que eu quero, num tom não acusatório… E eu tentei, Gui. Eu juro que eu tentei. Ele me cobrou umas coisas sem pé nem cabeça. No meio da reunião! Na frente de todo mundo, na frente do Fausto, da Ana, que são autores de que gosto tanto! E a gente já tem dificuldade na nossa relação… Ele me xingou, acredita? Disse que entreguei material diferente do combinado. Disse que eu mudo nome de personagem no meio do texto, acredita nisso? Disse que pra uma versão final ainda tinha muito erro de pontuação! Mas o que o cu tem a ver com as calças, sabe? Eles não têm revisores na editora? Ai… Eu me senti tão humilhada, Gui! E… o que eu vou fazer? Vou reescrever tudo? Porque parece que é o que ele quer. Pra piorar, *todo mundo* ficou contra mim. Todo mundo resolveu que, sim, entregar diferente do que eu disse que entregaria era algo que atrapalharia o projeto. Que a Ana tinha criado toda uma dinâmica com um personagem que não existia mais, porque eu não tinha feito uma parte… Ai, Gui… Sei lá se quero seguir fazendo isso, sabe? O problema é que já gastei um monte do adiantamento quando fui pra Índia… Mas a vontade que dá é de roubar o projeto só pra mim, por-

que eles ficam fazendo essas merdas, sabe? Grosseria atrás de grosseria... Desculpa desmarcar... Vamos conversar mais tarde, tá? Sei que desmarcar com menos de vinte e quatro horas... Tá tudo bem. Eu pago e tal. Se tiver um horário esta semana ainda... Quem sabe na sexta, né? Acho que na sexta... Já vai ter bastante coisa ajeitada aqui... Me avisa. Beijo.

20.

A criança nasceu em 2019. Quando nasceu, foi Sandro quem disse que merecia morrer. Quando morreu, foi Selena quem disse que foi um acidente.

Mas todo mundo sabe que não se deixa o bebê na banheira, essa conversa de "vou pegar uma toalha rapidinho". Todo mundo sabe. Um acidente, quem poderia prever? Perdão judicial, a coisa toda. O sofrimento de viver sem um filho seria supostamente maior do que uma pena. Foi o que o juiz disse. Foi notícia até.

Mas todo mundo sabe.

21.
20 de junho de 2023

Fausto bebe o gim-tônica e encara a mesma página de *O mestre e margarida* desde que abriu o livro. Georgia, que tem um carregador portátil, joga Candy Crush no celular, e Sandro luta contra o sono no sofá. Depois de pescar algumas vezes e soltar alguns roncos, os olhos fecham e a cabeça pende para o lado.

— Quem pegou a arma? — Fausto se levanta.

Georgia deixa o celular cair.

— Como é? — Ela se levanta também. Nota que o revólver não está na mesa, onde haviam combinado. *Merdamerdamerda.*

Os dois trocam olhares. Ela sabe que ele sabe o que isso quer dizer. Só uma pessoa se levantou antes de Fausto. Agora estão os dois em pé. Mas não Sandro. Está com a cabeça caída no sofá, adormecido.

— Merdamerdamerda. — Ela começa a andar na direção dele, mas Fausto tem uma faca na mão. É uma faca de queijo, mas ainda assim. Ele gesticula para que ela pare. Aproxima-se.

— Sandro? — ele chama.

Ele toca no homem, primeiro de leve, depois chacoalha seu ombro. Está ainda a um passo de distância. Sandro não acorda. Fausto suspira.

— Ah, merda...

Ela dá passos para trás, aproximando-se da mesa de jantar. Se até Fausto tem uma faca de queijo, ela precisa se defender de alguma forma. Ao mesmo tempo, não tira os olhos de Fausto, que está afastando o pelego que cobre Sandro. Tem um volume engraçado no bolso da calça. É claro que tem. Fausto está ajoelhado junto dele, tentando conferir jugular, pulso, respiração. Coloca a tela do celular sob o nariz do mordomo para ver se embaça. Coça a própria nuca, tentando estalar o pescoço, como se perdido.

— Como assim? Como assim? — Ele nega com a cabeça, olha para a mesinha de centro e os copos de bebida sobre ela.

— Como assim "como assim"? — ela diz. — Ele morreu. Alguém matou ele, que nem o Evandro...

— Não — interrompe ele, tirando o revólver e as balas do bolso de Sandro. — Não foi *que nem o Evandro.*

— Oi?

Ele se levanta e se vira para ela.

— Evandro morreu com uma seringa de ar no crânio. — Ele está carregando a arma. Ela baixa o rosto para a mesa de jantar. *Qualquer coisa. Qualquercoisa.*

— Do que cê tá falando?

Qualquer coisa. Pega uma garrafa do vinho Goethe, agora quase vazia. Fausto se levanta, caminhando na direção dela com a Taurus 85 UL na mão. Ele olha ao redor do corpo de Sandro, os lábios apertados. Agora, ele não lembra um turista na plateia, mas sim o músico responsável, o Andrew Lloyd Webber, de O *Fantasma da Ópera*. Ele aperta os olhos, o desencaixe dessa vez, uma confusão. Fausto desvia da mesa de centro para a área de jantar.

— Ah, *claro.* — Ele indica um copo de uísque com um resquício de batom na borda. — Esse animal bebeu do copo errado. — Ele ri, chacoalhando a cabeça. — Não era pra ele morrer exatamente *agora.*

— Do que você está falando?

— Ah, você não pode ser tão burra assim.

— Fausto...

Ele estala os lábios, olhando o corpo. Um Andrew Lloyd Webber ao assistir à adaptação catastrófica de seu musical *Cats* para o cinema. O criador e sua indesejada criatura.

— Ele ia me ajudar. *Só depois* ele ia morrer. Que merda.

Ela pega a tábua de frios. Com a mão esquerda, segura o pescoço da garrafa de vinho, a base apontada para cima. Um resto de vinho branco escorre pelos dedos, pela palma da mão, pelo antebraço, pinga até o chão, exala perfume de uva. A tábua ainda tem fatias de queijo e salame colonial grudadas. Cheiro de carne defumada. Fausto ri, largando a faca de queijo no bolso. Agora ele aponta a arma.

— Você acha que pode sair liderando campanha de ódio por aí e não atrair ódio pra si mesma?

— Eu... eu... Não fui eu quem... Eu só li o livro e falei que...

— Ah, pelo amor.

Eles se movem de forma circular: ele avança pela lateral da sala enquanto ela avança no sentido oposto. Não se aproximam um passo um do outro. Ela só quer chegar até a porta. Nunca pensou com tanta clareza na vida. Fausto aponta o revólver para ela.

— Mas você fez toda essa função, reuniu a gente, tudo isso só pra *me* matar? — Ela brande a tábua e a garrafa. — Parece um exagero e tanto pra um autor policial.

— Não, anjo. O Evandro dificultou minha carreira no começo... A Ana divulgou aquele vídeo tosco no Twitter. Teve milhares de curtidas.

— Eu nem sabia que tinham falado de você.

— Não sabe porque eu segurei a tempo.

— Eu fui a cereja do bolo?

— Se você chama a facada final na minha reputação de cereja. Eu vivo de reputação, caralho — ele diz. Ela só precisa deixá-lo falar. Fazê-lo falar. Isso. Como nos filmes de suspense ruins.

— Você acha que ninguém vai descobrir?

— Eu já convenci quem precisava.

Ela precisa conseguir mais tempo. Está com as costas na parede, mas avança devagar. Talvez ele tenha notado. Talvez esteja deixando. Só até a porta. Ele abre um sorriso.

— Mesmo sendo um filho da puta odiado e cancelado, eu ainda sou o autor da ficção nacional que mais vende, não sou?

— Que momento estranho pra se gabar. — Ela não entende aonde ele quer chegar.

— O *buzz* de autores mortos de forma misteriosa vai pagar pela minha paciência de ouvir suas merdas por tanto tempo.

— Não vai ser misterioso.

— Ah, não vai mesmo. Todo mundo sabe que deprimidos surtam. O velho morreu de causas naturais, ficamos sem eletricidade e você surtou. Escritores surtam. *Mulheres* surtam. Vai ser muito fácil convencer as pessoas de que sua fobia social, na verdade, era um tipo de psicopatia não diagnosticado.

— Sabe, as pessoas usam "psicopata" como equivalente a "sociopata", e acho que a palavra que você quer é...

Um tiro no chão. Ela salta. Ao saltar, bate a base da garrafa na parede. Não quebra. *Idiota*.

— Que apego a palavras. É o *retardado*, é o *índio*, é *psicopata* ou *sociopata*, o *pipipi popopó*. Foda-se. O que importa é a história. — Ele mira nela. — E a história aqui é a minha autodefesa de uma deprimida surtada. Viu um morto e surtou. Resolveu que não conseguiria descrever uma morte sem ter o *lugar de fala* de uma assassina. Matou um, tentou matar todos.

— E você vai alegar autodefesa?

— Todo mundo compraria o livro que gerou tudo isso, não? — ele diz. Ela dá um passo para a frente, ao qual ele não reage. — Iria procurar pistar, criar teorias...

Ela então quebra o corpo da garrafa na ponta da mesa. Racha, mas não se espatifa como nos filmes. Como ela queria. Ela dá dois passos para trás. Vai precisar mudar de plano. Usando a tábua para defender o tórax, a garrafa na frente da cabeça, ela começa a andar para trás. Não vira o pescoço para olhar a porta. Mas sabe que tem uma porta. O vinho gruda no suor da mão, e ela só anda. Um passo lento. Outro passo. A madeira da casa estala. Vira a cabeça por instinto. Cai com um tiro na nuca.

22.
21 de março de 2003

E-mail de Ian Ferraz, aspirante a autor, à monitora de sua turma de direito na UERJ

> **assunto: Re: e aí?**
>
> Oi, Carol, querida <3,
>   Siiiiiiiiim! Estou progredindo bastante no *Ensimesmamentos*! Aliás, você gosta mais de *Os ensimesmamentos* ou *Ensimesmamentos*? Fora essa dúvida existencial, estou superempolgado. Acho que é muito por causa da dra. Vanessa, que você indicou. A medicação tem feito milagres pra minha concentração e disposição, depois de estabilizar e tal. Não sei se vou conseguir continuar com ela o resto do ano, o seguro não cobre as consultas, e o preço da medicação, né? Gente! Talvez seja hora de parar, cê não acha? Se já tô me sentindo bem... Enfim. Mando mais notícias em breve. O livro tá ficando um espetáculo.
>   Ian

23.

Ele inspira o perfume de lenha. Anda até o corpo dela. Expira. Vai até a porta que dá para o corredor, está trancada.
    — Ah! — ele grita olhando para cima. — Até eu acreditei na história do gerador.
    Não há resposta além do crepitar da lareira e do ruído da chuva do lado de fora.

Ele anda até o bar, pega uma garrafa de pinot noir italiano e abre. Demora um instante com a rolha. Bebe alguns goles do gargalo, em pé, o corpo apoiado na parede. Olha para os corpos caídos. Georgia deixa uma mancha de sangue no carpete. Sandro parece apenas dormir. Ele pega o celular, que agora recupera o sinal do satélite. Abre o WhatsApp. Alguém tinha mandado um meme.

Ele grita em voz alta:

— Desliga e vamos falar.

Ele pega uma das taças da mesa de jantar, sopra dentro, limpa o interior com a camiseta. Serve o tinto até a metade. Segura a taça pela haste e mexe o líquido ali dentro. Cheira um pouco o vinho. Notas de frutas amadurecidas. Envelhecido em carvalho? Não. Ele cheira mais: não consegue confiar em seu olfato pelo cheiro da lenha que ocupa o recinto. Olha para a bola de mármore da estátua no canto da sala.

24.

Em 2007, Carolina tinha se apaixonado por *Os ensimesmamentos*. Ao lê-lo, criou uma conexão com a linguagem. Mas, quando leu os livros seguintes de Fausto, não teve a mesma sensação de maravilhamento. Como se cruzasse um rio numa ponte de pedras milenar e, ao voltar, fosse forçada a cruzar o rio numa ponte de corda. O autor de *Os ensimesmamentos* não poderia ser Fausto; a complexidade dos personagens, o cuidado com um conflito e uma motivação além do banal... Quando se tornou editora de Fausto, aplicou um microscópio e teve certeza. Quase quinze anos depois, Fausto a abordou com uma sugestão que definiria o destino. Carolina já sabia o suficiente para aceitar.

25.
21 de junho de 2023, madrugada

Quando Carolina liga, Fausto já tentou abrir a porta da sala que dá para o corredor duas vezes. Voltou a se sentar na poltrona, os pés na mesa de centro. Os corpos foram deixados onde estavam. O rosto da editora aparece na tela do celular. Ele a cumprimenta levantando a taça, oferecendo um brinde. Ela tem uma taça de tinto consigo também. Trocam um sorriso.

— Bom, você viu. Precisei dar uma improvisada, teve os incidentes com a equipe da casa, eu realmente não queria... Mas a mulher me viu com o cara... A outra ia achar o corpo da mulher e ia dar...

— Eu vi.

— Bom, um praticamente se suicidou. Uma pena, cê não acha?

— Aham.

— Sei lá. Bom. A ideia era outra, até porque...

— Felipe. Respira.

Ele a encara ao ouvir o próprio nome. Inspira fundo, um Andrew Lloyd Webber com a cortina erguida. Os aplausos, aplausos.

— Você viu.

— Bom trabalho.

— E agora? — ele diz.

— Agora nada, agora você espera a polícia.

— A chamada pra polícia foi real?

— Liguei de volta e expliquei que foi um mal-entendido.

— Então... logo tudo se resolve?

— Penso que sim.

— Que risco.

Ela ri e bebe o vinho. Faz que não com a cabeça.

— E pensar que essa história de livro coletivo colou só com o negócio dos públicos variados.

— Bom, o adiantamento ajudou. — Ele ri. — Era pra ser uma antologia de contos, lembra?

— O romance saiu pior que a antologia.

— Aí você falou que só matando.

— Só matando.

Ele ri, balançando a cabeça.

— Lembra que eu falei... pegar o pessoal empolado da ficção literária, o público internacional panaca, o pessoal que só lê textão no Instagram, os que nem olham livro, *pipipi popopó*.

— Você devia ser cancelado por essa linguagem de merda.

Ele não ri, apenas bebe mais vinho.

— O foda são os mordomos. — Fausto toma um gole.

— É, a história original meio que cagou, mas... descansa e improvisa um pouco. Pratica recitar a história começando do final.

— Vou fazer um *outline*, como diria Ana.

— Depois usam no roteiro do filme.

— Como vão descobrir? — Fausto diz.

— Ué. A polícia chega, encontra os corpos, você conta a história.

— Não, isso não. A *mídia*.

— Fiz um release aqui, mais ou menos. Já mando pra você, e cê me ajuda a revisar.

— Eu já fiz a parte mais difícil. Você que se vire aí agora.

— Só achei que você...

— Achou errado — ele interrompe. — O único trabalho que quero agora é o de matar essa garrafa.

— Bom... — ela diz. — Eu realmente já avisei a família do Evandro.

— Cuzão de merda, ele. Botou na biografia dele? "Era um grande cuzão de merda."

Ela ri.

— Bom, você se vingou. — Ela toma um gole do próprio vinho.

— Dele e daquela imbecil.

— Qual delas?

— A que ficava mandando DM pras meninas que me xingavam... E a que me cancelou porque falei umas palavras idiotas.

— Palavras idiotas.

— Mereciam morrer, todos.

— Todos.

— Eu só tô vendendo menos por conta desse povo.

— Claro.

— Já vendi mais.

— Agora isso vai se resolver.

Eles ficam em silêncio bebendo de suas taças. Ele começa a encher a dele de novo.

— E você que não dê com a língua nos dentes com tudo isso de bebedeira — ela avisa. — Tem que fingir demência.

— Falando em fingir demência, tem que apagar os vídeos da câmera de segurança.

— Tem o da livrada que a outra tomou antes também.

— Não sei se não morreu sufocada com a cara no canteiro.

— Agora quer pagar de inocente. *Foi um acidente*.

— As coisas não se resolveram exatamente como eu queria. — Ele pausa e toma um gole. — Era pra Ana ser envenenada, mas ela não levou o copo quando saiu pra fumar. Eu achava que seria mais crível que uma *mulher* matasse *outra mulher* com *veneno*. Tem uma progressão narrativa também, pelo menos vai ter quando eu contar. Vê o morto, envenena uma, mata as outras a paulada, algo assim.

— É o único jeito de incluir todo mundo.

— A gente tem que ir adaptando o plano, né? — Ele sorri. — Se um vai atrapalhar o andamento, se resolve. Se não dá de um jeito, vai de outro.

— Morte por livrada é bom pra título de capítulo, né?

— A mulher caiu com *Crime e castigo*, afinal de contas.

— Toque dramático.

— Todo mundo vai amar.

Ele afunda o peso do corpo borracho na poltrona. Começa a falar de como imagina a quantidade de entrevistas que dará a respeito. Terá que voltar a praticar o inglês, ele ri. Com certeza até Jimmy Fallon o entrevistará. Fausto sempre morreu de inveja do Wagner Moura, entrevistado por Fallon. Fallon sempre acha todos os convidados hilários. Como um gato, ele esfrega o pescoço no pelego do sofá e sorri um sorriso de dentes roxos de tinto.

— Uma pena a situação dos funcionários, né? — ele diz. A mão está meio caída, ele não aparece tão bem, tampouco vê a editora com clareza.

— Bom, você disse que todos mereciam morrer.

— Ah, eu me expressei mal.

— Se te anima, a mulher matou o filho bebê quando tinha poucos meses... Mas foi acidente, disseram.

— Mas foi mesmo?

— O filho era de outro, era o boato que corria entre os vizinhos. Li os autos, habeas corpus. Se livraram porque com certeza o filho era dela.

— Não sabia que você era viciada em crime assim.

— Se desse algo errado, se o mordomo fizesse alguma... Já tinha a carta na manga, entendeu?

— Claro que uma editora sempre prepara os planos A, B e C.

— Você lembra que eu cursei direito, né? A gente se conhece bastante.

— Não lembrava, não.

Ela estala os lábios. Ficam em silêncio por alguns segundos. Talvez a chamada tenha travado de leve. O áudio está claro, apesar dos ruídos externos.

— Você, que é autor policial, o que acha mais verossímil? A polícia te encontrar ou o motorista?

— A polícia.

— Tá. Vou liberar a linha aqui e você liga de novo. Acho que, se contar o que houve, eles aceleram mais.

— Sim, porque nesse ritmo...

— O ideal é que alguém descubra vocês antes das nove da manhã. Meu voo até aí é às onze, então eu preciso "descobrir" sobre os crimes antes das nove...

— Senão você vai ter que sair de casa e até pegar o voo pra parecer que não sabia de nada.

Ela assente com a cabeça.

— Mas foda-se a passagem. A gente vai ganhar uma grana com esse livro.

— O livro que de tanta briga deu em morte.

— Foda-se aquela vez que o Gabriel García Márquez deu um soco no Vargas Llosa.

— Já imaginou as teorias? As teses, da psiquiatria à teoria literária? Até a escrita criativa.

— E não me venham com filme nacional. Isso aqui vai pra Hollywood, *baby*! Quem será que vai me representar, hein? — Ele boceja. — Vou além do *Os ensimesmamentos*. Stephen King vai ser fichinha. — Ele boceja, se engasga e tosse de leve. Ela sorri.

— Deu sono?

— Dia duro de trabalho.

— Tá bem. Vou liberar a linha aqui e você liga pra polícia.

— Libera as portas também. Tô trancado ainda. Não tem onde mijar.

— Pode demorar um pouco pra liberar. Eu liberei a internet e demorou uns instantes pro satélite resetar.

— Sem problema.

Ela diz que vai acompanhar pela câmera e que, se ele pegar no sono, vai ligar ela mesma. Mas seria mais verossímil se fosse ele. Ele concorda, aninhando-se na poltrona. Despedem-se.

26.
21 de junho de 2023, madrugada

Carolina Ramos, editora e bacharel em direito, abre o WhatsApp Web. Desce a tela até a conversa com Rodrigo Stronzo Lima, seu colega e editor de Evandro J. de Mendonça na Caper & Fischer. Tem dificuldade para encontrar o áudio que busca, então se lembra de que favoritou a mensagem. Encontra. É de 2 de agosto de 2015. Ela o ouve pela última vez.

> "Escuta. Tô mandando esse áudio porque a gente jantou... no dia... hum... 6 de junho deste ano. Você nem deve lembrar, faz tempo. Mas só queria dizer que era pra ser dia 30, e a gente mexeu nessa data, tá? A gente não tava junto dia 30 de maio de 2015. Lembra? Foi a noite que a gente ia celebrar a sua promoção, e... eu... ah... e fui eu que indiquei essa promoção. Vou mandar outro áudio e já explico."

Novo áudio, que ela também favoritou:

> "O Evandro... o... ele disse que... é que ela... ela é menor de idade... E o... que nunca... mas... bom. Não importa tanto. Acontece que eu tava com o Evandro na noite do dia 30 de maio. Se alguém *se confundir*, achar ou perguntar... Que você, a gente foi no italiano naquele dia, você se enganou na data, tá bem? Lembra disso. Eu vou tentar, ahm... não quero te... *comprometer*. Então não erra a data do nosso jantar. Lembra? Você jantou comigo no dia 6 de junho. Não foi no dia 30 de maio. Não sei se anotou errado em algum lugar, mas a gente jantou na outra semana. Seria bom corrigir. Me liga quando puder."

Ela deleta os áudios. Vai até a pasta "prints Evandro". Apesar de as imagens serem comprometedoras, os únicos prints que vazaram, na verdade, foram as fotos do pênis de Evandro J. de Mendonça, enviadas numa conversa com uma garota que queria entrevistá-lo para um trabalho sobre leituras obrigatórias de vestibular. Há os laudos, os processos. O álibi do editor no dia do estupro foi decisivo para que Evandro fosse condenado apenas pelas fotos, pelo assédio. Nunca se provou que ele havia estuprado a menina, como ela e os pais afirmavam.

Na época, Carolina havia sido promovida pouco antes de sair de licença-maternidade. Estavam mudando de bairro, com um conserto de cano interminável no apartamento novo. Com um cronograma apertado por uma gravidez de gêmeos. Tinha tantas notas mentais, havia enfim sido promovida dentro da ficção nacional, como queria. O apartamento tinha que ficar pronto, e ela precisava resolver tanta coisa antes da licença. Estava obrigada a, tinha um compromisso com, havia a condição de que, tinha que, deveria.

Só ligou os pontos quando Evandro J. de Mendonça lançou *Arrivista*, uma autoficção experimental sobre um autor de autoficção que tem a reputação manchada por ser acusado de estupro quando, bêbado, mandara fotos do próprio pênis a uma garota — e nada além disso. A acusadora era uma universitária ambiciosa e voluptuosa, aspirante a autora, determinada a derrubá-lo para ser publicada. Acreditou-se na versão ficcionalizada e não se falou tanto na real, supostamente para não expor a menor de idade. Os advogados eram bons. A opinião geral era que o homem — tanto o personagem literário quanto o humano — tivera um momento de fraqueza. O livro foi elogiado pela "humanidade excepcional", que revelava "uma vulnerabilidade nunca vista do autor", em uma crítica de como "a masculinidade na pós-modernidade é a sentença de se tornar vítima do próprio desejo". Venceu dois prêmios de literatura lusófona — um brasileiro e um português.

27.

15 de fevereiro de 2009

E-mail de Ana Nassar, autora, à assistente editorial Carolina Ramos

> **assunto: "Re: um detalhe URGENTE?"**
>
> Querida,
> Recebi seu e-mail com os comentários a respeito da biografia da Bishop. Volto com o arquivo em anexo. Sobre a dúvida de questionar a sexualidade dela com

base no que você definiu como "fontes pouco confiáveis": eu confio nas minhas fontes. *I know what I'm doing.* É uma filha contando a respeito do pai e de como ele teve uma relação heterossexual com a Bishop. Você pergunta: "Segundo a filha, a Bishop teria afirmado ser hétero?". *Yep.* É uma única fonte diante de um oceano de pessoas que dizem outra coisa? Também. Mas eu confio na minha fonte. Você tinha que estar lá para ver.

Enfim, eu entendo que você precisa mostrar trabalho, fazer valer aí seu diploma de direito, mas dá pra ver que não entende muito de literatura, né? Vai dar tudo certo.

Abraços,
Ana

28.
21 de junho de 2023, madrugada

Carolina larga o celular sobre a mesa e olha para a tela. À sua frente, as câmeras de segurança e o movimento silencioso da chuva e do granizo. Reativa a câmera da sala, que fica escondida no topo da estátua, em uma das reentrâncias. Abre o software de controle de janelas e portas. Todas seguem travadas.

Descansando as costas na cadeira, ela observa um cronômetro no canto da tela. Informa 48:55. Apesar de serem quase cinco da manhã, vê que uma das assistentes de marketing está digitando uma mensagem no WhatsApp sobre as parcerias com os blogs. Diz que um dos autores optou por ele mesmo contatar um blog e prefere que a assessoria não mande release nenhum. Ele mesmo mandaria o exemplar. Ela responde por áudio:

— Desculpa mandar áudio, mas... — Ela para. Ri. Balança a cabeça e cancela o áudio. Começa de novo. — Manda mesmo assim. Manda o release, manda a *bio*, manda o livro e todos os cacarecos, marca-página, o brinde. Não confio que o Bruno vá mandar isso tudo. É possível que mande incompleto. — Ela pausa e olha para a tela. — Todo editor sabe que não pode confiar que o autor vá fazer um bom trabalho.

Pousa o celular na mesa e volta a assistir. Abre o software da tecnologia interna. As janelas seguem travadas, as portas seguem travadas, a lareira segue quente, toda aquela fumaça entrando devagar pela sala. Ela sorri e toma mais um gole do vinho.

29.

Antes que amanheça, Carolina manda uma mensagem para Renata Arruda, sua amiga de infância, mãe de Bianca, sua afilhada:

> oi
>
> tudo bem?
>
> esta semana é o aniversário de falecimento da Bianca, né? quis te mandar esta mensagem pra saber como vc tá.
>
> se quiser companhia, estou aqui

30.

Epígrafe do livro Os ensimesmamentos, de autoria de Ian Ferraz

> "Raiva literária! Não fosses tu, com o que eu estaria comendo o sal da terra? [...] Tu és o condimento do insípido pão da compreensão, és a consciência alegre da injustiça, o sal conspiratório, cujo saleiro facetado vem sendo passado, decênio após decênio, com um aceno sarcástico e envolvido numa toalhinha. Eis porque me dá tanto gosto extinguir o calor da literatura com o frio e com estrelas farpadas."
>
> Vladimir Korolenko, O rumor do tempo

31.

Carolina abre seu e-mail pessoal. Lê pela última vez o e-mail enviado por Ian Ferraz, seu colega e monitorando de direito em 2003.

> **assunto: Tá pronto!**
>
> Querida,
> Sei que comentei de mandar o livro todo, mas só estou mandando a sinopse aqui, e umas cenas de amostra. É quando o assassino enfim entende que ele é o assassinado. Não sei se as referências vão seguir isso, tem o aspecto policial, confesso que acho um pouco pedante o jeito como ele tá funcionando.* Mês que vem, o Fausto** vem aqui e vai passar o fim de semana pra me

ajudar a trabalhar no livro. Devo mexer um pouco até lá, quero mostrar uma versão melhor pra ele.

Ian

* Se é que tá funcionando, né?
** Cê conhece o Fausto? Ele é do direito na UFF, mas também publica umas coisas. Cês deviam se conhecer.

32.

Por um instante, ela vira a cabeça. Achou que um dos meninos tinha acordado. Não acordou. O marido tomou todo o cuidado. Não foi informado do motivo, mas foi avisado de que ela precisaria de paz. Carolina sente muita paz.

Depois de deletar a pasta e buscar no Google "como deletar arquivos permanentemente", ela encara a câmera dentro da sala de novo. Vai liberando as câmeras nas estátuas dentro da casa. Com olhos de câmera, passeia pela casa uma última vez, entrando por cada uma das portas, fazendo o mesmo passeio que aqueles filhos da puta fizeram. Analisa a sujeira deixada na entrada, a bagunça no hall, as manchas de lama que vão se apagando até a escada. Volta à sala de estar. Olha para Fausto ainda adormecido e para o temporizador. Abre o Google. Digita:

"morte monóxido de carbono como é"

Antes que o navegador carregue, ela o fecha. Não precisa deixar essa pista. Faz que sim com a cabeça. Sobre a mesa de Carolina, há uma estátua de bronze, uma mulher em pé. Palmas das mãos abertas, postura alinhada, ombros relaxados, os dois pés no chão, juntos e em contato com o piso. Sobre sua cabeça, um triângulo se equilibra, tudo em bronze, rústico, entalhes, reentrâncias. Poderia ser só uma mulher de bronze. Poderia ser uma iogue na postura da montanha, prestes a assumir uma postura mais difícil. Poderia estar aterrando. *Tadasana*, a pose de equilíbrio. Esta não tem câmera, um dos pedidos ao escultor. Poderia ser um memento.

Com um suspiro, se preparou para dar a notícia da morte de Sandro e de Selena para o marido. Na imagem da sala, Fausto está sentado na poltrona, imóvel, de olhos fechados. Parecia ter raízes.

O CASO DA MANEQUIM DE LUXO

Para Melina, minha gêmea

QUANDO, NAQUELE dia de chuva, Tomasina e o irmão saíram por Belo Horizonte, não planejavam se envolver numa trama de assassinato. Mas, ora, eis a vida nas alterosas: pão de queijo pela manhã e crime à tarde, sem que nada entre uma coisa e outra pareça fora de lugar. Afinal, o corpo caído, tal qual o café bem passado, é parte corriqueira da vida mundana. Isso dito, continuemos a narrativa, já que o interessante por aqui é o desastre.

Depois de vagar pela urbanidade, apearam do bondinho às duas da tarde numa arborizada e ventosa avenida Afonso Pena.

Muita gente dos mais diversos pontos cardeais saltava do bonde amarelinho, que, pelas fofocas do município, estava nos últimos dias. É obsoleto, diziam os políticos, melhor sumir com isso, troca por ônibus, troca por carro, haja modernidade! Naquela BH de mil novecentos e sessenta e tantos, rodava uma mania vanguardista que não deixava pedra empilhada nem árvore enraizada; cairia tudo em prol do progresso, graças a Deus!

— Quanto tempo vai durar esse negócio? — indagou Jorge, coçando o nariz e, pela septuagésima vez, conferindo os ponteiros. — Tenho compromissos inadiáveis para resolver.

Tomasina ergueu uma sobrancelha.

— Dura o tempo que durar, nem mais nem menos. — Ela riu e foi de passos leves, toda passarinha, pela rua. — A costura é um exercício de paciência e apreciação da beleza — completou. — Além disso, você não tem nada programado para hoje. — Ela o mediu do cocuruto aos pés. — Caso contrário, estaria de sapatos confortáveis e não teria vindo com o seu melhor paletó. Procurando uma namorada, irmãozinho?

O jovem ajeitou o paletó.

— Talvez eu não tenha um compromisso agora *agora*, mas poderia ter. — Tornou a olhar para o relógio. — E, se Deus quiser, encontrarei logo algum que me afaste de você.

Tomasina segurou o braço dele, apertando com força e estreitando os olhos.

— Ah, Jorge, Jorginho querido, meu caro, caríssimo, amado, idolatrado e ranzinza irmão, o seu amor me alegra demais da conta — disse ela, abrindo espaço para que uma loira passasse no meio deles, os sapatos gastos desviando de poças. — A boca exprime aquilo que transborda no coração. Fomos gerados em conjunto, nascemos juntos e, vinte e dois anos depois, cá estamos, unidos ainda.

Tomasina saltitava, os sapatos vermelhos fazendo clique-clique-clique no chão molhado, girando um vestido que fora cerzido pelo próprio Cristóbal Balenciaga e ajeitando os óculos escuros que serviam para esconder as muitas opiniões de um cérebro que nunca saía da tomada. Desde que tinham voltado da Europa, depois de anos de estudo, a garota se encontrava num humor de puro contentamento, como se o ar de Belo Horizonte produzisse nela um efeito inebriante, de vida vivida. Talvez fosse a distância da Riviera Francesa e de tudo que tinha acontecido por lá.

— Você realmente acha que a nossa união foi por escolha, e não por maldição? — respondeu Jorge, cutucando a irmã. — O seu fraseado não vai me distrair do fato de que você está me levando pra um... — o resto da frase saiu que nem xingamento — ... um desfile de manequins!

— Acredite em mim, Jorge, vai ser um dia pra lá de interessante! — disse a irmã, apertando-o com mais força. — Um dia de arte, beleza e novidade. — O sorriso dela cresceu. — Tenho certeza de que será o evento do ano.

Jorge, que nem de longe compartilhava do interesse da irmã por moda — ignorante tanto de Schiaparelli quanto de Chanel, de Casa Canadá e Clodovil Hernandes —, suspirou emocionalmente dolorido. A dupla, depois de alguns metros, entrou num prediozinho que ficava perto do Othon Palace Hotel. A placa do frontispício anunciava: *Conrado Alta-Costura*.

Tomasina soltou uma risadinha ao ver o letreiro, uma graça que só ela via e preferiu não compartilhar.

Ao lado deles passaram madames endinheiradas, maridos entediados, filhos macilentos e filhas que, com sorte, sairiam dali com uma data de casamento. Afinal, não havia lugar melhor em toda a cidade para uma pororoca social. O *jet set* inteiro fluiria para lá naquele dia; afinal, qual babado seria maior que um desfile privado das novas criações de Conrado Versolato? Feito tudo aquilo que é exclusivo e desnecessariamente caro, o evento tinha fisgado a atenção de quem se achava alguém.

Por tal motivo, lá estavam Tomasina e Jorge Regal representando os pais, donos de uma empresa de leite condensado que abastecia o estado de Minas Gerais e algumas cidades para lá da fronteira com a Bahia. Que a brancura do leite rendesse dinheiro, tudo bem; novidade mesmo, para madames e fidalgos, era que figuras tão pretinhas estivessem lá para comprar, não para limpar.

— Um dia você vai me pagar por me trazer aqui — disse Jorge, retirando os convites do bolso. — Guarde as minhas palavras.

Tomasina deu de ombros.

— Eu até guardaria — disse ela —, mas a minha saia não tem bolsos. — Parou de falar e se perdeu durante um segundo observando a loira que passara por eles pouco antes. — Curioso...

Na entrada, onde pessoas bem-vestidas e gente que se achava bem-vestida se espremiam, os gêmeos foram recebidos por um homenzarrão que os avaliou de forma esquisita, como se, na frente dele, não visse pessoas, mas os ectoplasmas que tanto assombraram o pobre Edgar Allan Poe. Ao ver os convites, afastou a mão que apoiara na cintura e, num gesto de gentileza, indicou o lugar do desfile.

Restavam poucos assentos livres no salão redondo. O prefeito e sua esposa estavam presentes, assim como outros políticos, um jogador de futebol, um radialista, alguns jornalistas, obviamente, e outras figuras de muitas posses e pouca importância. Funcionários faziam os últimos retoques antes que o figurinista-chefe aportasse. Olhos iam e voltavam de uma porta dupla. Os irmãos tomaram seus lugares nas cadeiras principais.

Tomasina, que adorava servir fofocas ao irmão, apontou o famoso Pierre, mordomo de Conrado, que confirmava se tudo corria de acordo com as exigências do patrão. A garota segredou que o nome do sujeito, na verdade, era Pedro, saído de algum canto de São Paulo, mas Conrado não via elegância nisso, então deu uma de João Batista e rebatizou o coitado, já que em francês tudo fica mais elegante. Também por isso o segurança da entrada, nascido Carlos, morreria Charles.

— Não gosto de fofocas — disse Jorge —, mas ouvi dizer que Conrado, em sua mansão na Savassi, toma banho de leite pra dar viço à pele. — Olhou de um lado para o outro. — E depois o mordomo recolhe o leite da banheira e distribui entre os pobres do bairro.

Tomasina riu.

— O banho de leite é verdade, mas o resto é mentira — disse. — Não há pobres na Savassi.

Nesse momento, Jorge cutucou a irmã, indicando uma mulher fileiras adiante que não parava de rezar o terço. A dona parecia um urubu de fraque, pretume da cabeça aos pés, a fuça em perpétua agonia pálida, uma coisa barroca que destoava de tudo ao redor. Ela notou a curiosidade dos jovens e fechou a cara. Tomasina acenou, cordial. A mulher alisou as contas e murmurou uma ave-maria, voltando a tratar de assuntos divinos.

— Clarice Monteiro — disse Tomasina, baixinho, como se o nome significasse alguma coisa para o irmão, que ergueu as sobrancelhas. A jovem foi-se a explicar. — Filha do coronel Hilário Monteiro, fazendeiro de Itaúna, aquele ali, do lado dela, de covinha no queixo. Dizem que ela tentou virar freira depois de viúva, mas era beata demais até pro Espírito Santo. — Ela balançou a cabeça. — Agora cuida dos coitados dos pais, coitados.

Jorge encarou o homem de bigodes paquidérmicos que não tirava os olhos do relógio, suspirando a vontade de fugir. Como não podia deixar de ser, Jorge sentiu-se solidário a ele. Coronel Hilário, cuja feitura desmentia a nomenclatura, tirou um potinho do casaco e catou um comprimido que Jorge, médico recém-formado, imaginou se tratar de algum medicamento para o coração, nitroglicerina, provavelmente. Uma idosa corpulenta se remexeu ao lado do marido.

— Que atraso, que falta de vergonha — disse ela. — Eu, neta de sinhá Biju, esperando feito uma palhaça. Cadê o tal figurinista? Achei que fôssemos convidados de honra. Odeio gente que não dá conta de hora marcada...

Coronel Hilário suspirou fundo e olhou para dona Antônia Cavalcanti de Mello e Monteiro. Ameaçou falar, mas, percebendo a nulidade do gesto, voltou a focar o relógio. Talvez o famoso vencedor da maratona ao redor da Lagoa da Pampulha estivesse pensando numa de suas caminhadas. Ou, melhor dizendo, numa caminhada para bem longe dali.

— O amor da família mineira — comentou Tomasina, tirando um espelhinho da bolsa para confirmar se o batom continuava intacto. — Beleza inigualável.

Uma mulher pediu licença aos gêmeos e sentou-se a três cadeiras de distância. Usava roupas coloridas e caras, cinto de ouro, joias brilhantes, batom vermelho e sapatos de couro. Tirou uma cigarrilha e acendeu, soprando anéis de fumaça. Jorge a reconheceu como a loira que tinha visto mais cedo. E, de repente, o cérebro fez uma conexão: Prudência Christo! A socialite do Rio de Janeiro, herdeira de fortuna antiga, famosa pelo mecenato das artes. Não que o médico gostasse de fofocas, claro, mas é que ficava sabendo de muita coisa por meio dos jornais. Lembrava-se do rosto por causa de uma coluna social do *Estado de Minas* que causara *frisson* meses antes: ela iria se casar com Saulo Messias, filho ilustre de BH.

Jorge olhou ao redor, mas não viu o noivo em lugar algum. Talvez, dada a sua fama, estivesse nos pontos mais insalubres do município, subindo e descendo pela Guaicurus; isso, porém, não sairia no jornal. Ora, mas quem era Jorge para se importar com boatos, não é mesmo?

Então as portas se abriram. Coronel Hilário, que já ia de passadas gordas rumo ao pasto do bom cochilo, saltou na cadeira.

Conrado! Cabelos esvoaçantes, na cor do quindim de iaiá, camisa branca quase transparente, calça apertada, capa vermelha e cigarro na mão.

— Que luxo! — disse ele, abrindo os braços. Cada palavra era um flash dos fotógrafos. — Olha só que sorte a de vocês, aqui pra me ver. — Conrado girou, sacudindo a capa. — Como sabem, eu não gosto de gente, só de multidão, que é pra me aplaudir. — Aplausos. Pierre removeu a capa do patrão, que deu uma tragada no cigarro e o jogou no chão, pisoteando-o em seguida. Em questão de segundos uma negra catou a bituca e sumiu com ela. — Mas, para que não saiam fofocando por aí que sou pão-duro, levarei alguns escolhidos para um passeio *comigo* nos bastidores, coisa rara, que a primeira-dama vive me pedindo, só que ando sem tempo.

Vários *ohs* se fizeram ouvir. Jorge grunhiu tão alto que Tomasina deu uma cotovelada no irmão. O jovem, então, se viu compelido a só grunhir por dentro. Clarice se agarrou ao terço com mais fervor, enquanto a mãe dela batia palmas, esquecida da indignação. Coronel Hilário espiou o relógio mais uma vez. Prudência Christo olhou para o assento vazio ao lado dela. Um bafafá tomou conta do ambiente. Todo mundo queria ir aos tais bastidores para depois comentar que tinha ido.

— Não se preocupe, estamos na lista — comentou Tomasina. — Eu me certifiquei.

— Por que você fez isso? — perguntou Jorge, que definitivamente não queria aquela honra. — E *como*?

A jovem sorriu e colocou a mão em concha no ouvido do irmão, sussurrando o mais baixo que podia:

— Comprei a coleção inteira — disse. — Todas as peças do desfile são minhas, *todas*.

Jorge, com olhos arregalados e boca aberta, colocou a mão na testa.

— Você comprou *todas* as roupas? Por quê? Você só tem um corpo! — A voz saiu mais alta do que esperava. — Tomasina, você faz ideia do que as madames vão dizer? Algumas vieram de outras cidades só para comprar essas roupas.

Tomasina sorriu ainda mais — uma hiena que, tendo ingerido o cadáver, se divertia lembrando-se da carcaça.

— Ah, sei, sim — disse. — A maioria delas, irmãozinho, só ficaria satisfeita se eu estivesse *colhendo* algodão, não *vestindo*. Foi por isso que comprei tudo. Eu queria não ser tão mesquinha, mas é que, sem uma aventura que nem aquela outra, eu fico entediada. — Suspirou. — Belo Horizonte atrofia o meu cérebro.

O grupo de escolhidos foi anunciado por Pierre. Houve uma pequena agitação, porque aqueles que não tinham sido chamados teriam que esperar ainda mais — e ninguém gosta de um bom chá de cadeira. O mordomo fez um sinal para que o seleto grupo seguisse por um longo corredor cheio de quadros enormes em molduras folheadas a ouro.

Tomasina, Jorge, Prudência Christo, o prefeito e sua esposa, Silvinho (o jogador de futebol) e a família do Coronel Hilário caminharam sob os olhos de pinturas que retratavam Conrado em diversas poses — acompanhado de cachorros, filhos, esposa, deitado num sofá. Não havia parede sem os traços do estilista e nenhum canto sem um espelho.

— Isso aqui é um *luuuxo*! — dizia Conrado, apontando para os quadros. — Vocês não imaginam como é difícil ser talentoso. É muito solitário... Aí, com os quadros, eu consigo conversar com alguém no meu nível. — Chegaram a uma porta vermelha dupla que o estilista abriu de uma vez. — E preparem-se para conhecer a manequim mais especial de todas, a minha Olívia! Um tempero que fui colher lá nos cafundós da Pampulha.

No entanto, em vez do esplendor que o homem esperava, o que se ouviu foi um barraco que alimentaria semanas de fofocas. O que, para Conrado, não era problema algum, já que ruim mesmo seria quando ninguém estivesse falando dele.

— Me solta!

Uma risada, e então:

— Você não vai se livrar de mim desse jeito! — trovejou uma voz de homem.

Tomasina ultrapassou o costureiro, e Jorge a seguiu. Dentro da enorme sala de maquiagem, onde manequins assustadas observavam a cena, os irmãos viram Saulo Messias, o noivo desaparecido de Prudência Christo, segurando o pulso da modelo com uma expressão feroz no rosto. Silvinho avançou e meteu um safanão no herdeiro, que até ensaiou uma retaliação contra o futebolista, mas, quando Jorge se aproximou, Saulo se viu em desvantagem e ergueu as mãos.

Prudência quase desfaleceu e foi amparada por Dona Antônia.

— Quanto drama! — disse Conrado, tentando amenizar a situação, mas visivelmente pálido e com a voz falhando. — Moda é assim mesmo, meus caros, paixão saindo pelos poros.

De cara fechada, Jorge deu um passo adiante, encarando o herdeiro das plantações de café em Três Corações. Saulo devolveu um olhar selvagem, de bicho acuado.

— É melhor se afastar da moça — disse Jorge. — Não quero brigar na frente da sua noiva, mas farei o que for necessário. — O olhar dele passou por Prudência e se fixou na modelo. — Você está bem?

Olívia assentiu. Era uma garota negra de pele clara e traços finos, olhos verdes, furinho no queixo e um corpo que ficaria perfeito até num trapinho. No entanto, é bom frisar, não havia nenhum trapo à vista, apenas um longo vestido vermelho que podia muito bem ter sido confeccionado por um sonho — ainda que o caimento na região abdominal parecesse apertado, com um cinto que Tomasina desaprovava. O casaco de cetim branco equilibrava as coisas, e os braceletes dourados combinavam com as sandálias, que deixavam marcas nos pés levemente inchados. Além disso, as unhas longas e vermelhas como estigmas arrematavam o visual.

Olívia segurava um batom carmesim: tinha sido interrompida antes mesmo de colocar o vermelho nos lábios. O olhar dela ia de Saulo para Prudência, que continuava apoiada em Dona Antônia, a mão na boca para conter um grito que ameaçava sair.

— O que você está fazendo aqui? — a socialite, enfim, se forçou a dizer, tremendo da cabeça aos pés. — Você falou que... De onde você conhece essa... essa aí?

O herdeiro não respondeu, apenas fechou a cara e se desvencilhou de Jorge e Silvinho com empurrões e bufos. Ao passar por Olívia, um movimento de ombro atingiu a modelo, fazendo-a derrubar o batom que segurava. Mais tarde, ao contar a história, Silvinho diria que, com certeza, tinha ouvido Saulo dizer:

— Isso ainda não terminou, Olívia...

Saulo saiu batendo pés e cuspindo marimbondos, e a noiva o seguiu, tentando fazê-lo parar, implorando por migalhas de palavras.

O silêncio pesou e rostos chocados se entreolharam. O prefeito sacudiu a cabeça em lamento. Coronel Hilário, que parecia três vezes mais pálido, sacou do bolso outra pílula. Quem rompeu a mudez foi Dona Antônia:

— Cafajeste! — disse. — Fazendo uma sem-vergonhice desse tamanho com a coitada da Prudência, moça de família. — Os olhos dela se voltaram para a modelo. — E por causa de interesseira! Aposto que ela só quer saber do dinheiro do Saulo. — Os lábios dela se curvaram. — Já tive uma empregada assim, intrometida, toda atirada... Ah, se fosse nos tempos de sinhá Biju...

Jorge coçou o nariz e viu Tomasina estreitar os olhos na direção da mulher. Por um segundo, o jovem médico vislumbrou a criatura que sua irmã escondia com sorrisos, fraseados e pulinhos. Uma onça-pintada que, ao sentir o aroma de sangue injusto, erguia o focinho para o alto e adquiria um brilho no olhar — um brilho de caça.

— Quanto drama! — repetiu Conrado, fazendo um gesto de quem enxota cachorro. — Vamos, vamos embora, que as meninas precisam se arrumar. Emoção, agora, só na passarela!

O costureiro, então, virou as costas e foi-se a cantarolar uma ópera. Clarice realizou a boa ação diária catando o batom caído e o devolvendo a Olívia.

— Buscai ao Senhor enquanto é tempo — pregou a mulher, antes de acompanhar os pais. — Entre pela porta estreita, menina!

Tomasina e Jorge foram se certificar da situação da modelo, que, tirando o susto, parecia bem. Tomasina insistiu para que Olívia deixasse Jorge examiná-la, mas a modelo sacudiu a cabeça e respondeu:

— Obrigada, mas não se preocupem. — Sorriu. — Vou ficar bem. Foi um mero inconveniente.

Silvinho tomou as mãos da modelo entre as suas e falou:

— Se você precisar de qualquer coisa, minha cocada, é só falar.

Tomasina olhou de um para o outro.

— Vocês se conhecem?

O futebolista riu.

— Tivemos um... amor de juventude no passado — disse. — Somos apenas *bons amigos* hoje em dia.

Tendo esgotado seus apelos, os gêmeos saíram, largando a manequim aos cuidados das colegas.

Ninguém reparou na mudança de Tomasina; o sorriso deu lugar a rugas de preocupação e os lábios se comprimiram. Ela sabia, em alto, largo e profundo, que uma desgraça se aproximava.

* * *

Quando o desfile começou, com algum atraso, é verdade, o assunto dos bastidores parecia temporariamente esgotado. Espreitadelas na direção de Saulo e sua noiva — que tinham expressões fechadas e pareciam separados por um oceano, ainda que sentados lado a lado — eram os únicos sinais de que uma grande fofoca se espalharia. Os jornalistas perguntavam aos cochichos o que tinha acontecido nos bastidores, mas não obtinham respostas.

A fofoca é uma obra de arte. Um escândalo desses não se aborda de supetão nas Gerais, mas numa tardinha quase roceira, com bolo de fubá e café. Tendo isso, é lícito esviscerar questões e pessoas adequadamente. A fofoca era uma moeda corrente que passava de mão em mão e de ouvido em ouvido numa procissão do maldizer. As sílabas em boca miúda buscavam escândalos para engordar, escárnio para compartilhar e reputações para destruir. Ó, como brilha a nódoa numa reputação perfeita! Começa pelas beiras do tecido moral e avança pelos fios, consumindo as tramas com pontos e pespontos de palavras rotas. A maledicência mineira é tão bem urdida, notemos, que uma pessoa de fora chega a pensar que é educação um tipo muito específico de crueldade.

Então, de repente: luz e música num crescente que fez todos os olhos se voltarem para a portinha de onde saiu uma manequim. Dona Antônia foi quem mais aplaudiu, anunciando que compraria, para sobrinhas e primas de Itaúna, os melhores vestidos e as peças mais lindas.

— Tudo isso me parece *ainda mais* fútil depois do que vimos — disse Jorge. — É como se ninguém ligasse.

Tomasina descolou os olhos da passarela e inclinou a cabeça, como se fosse um milhafre analisando o almoço.

— Ah, certamente — disse ela. — Mas, acredite, o assunto não morreu. — Apontou para Prudência Christo. — Veja como a olham, um animal de zoológico... e talvez ela até mereça. Agora, olhe só para o noivo dela, tentando parecer, oh, tão impassível. Os dois sabem que amanhã as amigas de Dona Antônia ficarão sabendo de tudo. E Clarice comentará na igreja, e o prefeito com os amigos da política e assim por diante... — Voltou os olhos para uma nova modelo na passarela. — O casamento deles, para a felicidade de Saulo Messias, será discretamente cancelado, e o crime dela será encoberto para que o nome da família dele não seja manchado.

— Crime? — indagou Jorge, mas foi ignorado, a irmã já absorta pelo desfile. — Que crime?

As manequins deslumbravam o público, atraindo os olhares endinheirados que não arrematariam uma só peça. A modelo que desfilava naquele momento era ruiva e estava metida num vestido curto demais, colorido demais para o gosto daquele público. O murmurinho desconfortável fez o costureiro sorrir. Dias antes, Conrado aparecera em todos os jornais, anunciando para Deus e o mundo que tinha criado uma nova moda brasileira, uma que faria sentido para o nosso país. Orgulhava-se, dizia ele, de que agora as madames brasileiras não precisariam mais viajar até a Europa em busca de roupa boa, alta-costura.

Por fim, surgiu Olívia, numa roupa tão fenomenal que faria Balenciaga, o papa da alta-costura, cair de quatro. Não havia Dior ou Saint-Laurent que fizesse uma coisa daquelas. Nem mesmo mademoiselle Chanel sairia incólume de tal visão — detestaria-a por completo —, e dona Schiaparelli comentaria já ter feito algo parecido, e melhor, anos antes. Ah, e se o grande inimigo de Conrado, aquele tal de Clodovil, visse tanta perfeição, faleceria. Era coisa de se admirar, uma obra de arte!

— Que coisa horrível — comentou Jorge. — Você comprou *isso* também? Ela parece um peru que...

Um *psiu* autoritário matou a frase.

— São penas de pavão, querido — disse Tomasina, o sorrisinho voltando. — Como diria Conrado... é um luxo.

Jorge trocaria a letra *u* pela letra *i*, mas optou por substituir toda e qualquer palavra por silêncio. Mas foi aí que as críticas de moda deixadas de lado e os seus olhos se voltaram para a passarela. Mais um dos toques dramáticos de Conrado, pensou ele, só pode ser.

Olívia parou de repente, olhou ao redor, olhos arregalados e um filete vermelho escorrendo pela boca. Então, colocou a mão na barriga e esticou um dedo acusador para o jovem herdeiro, Saulo, que virou o rosto para o lado. Uma explosão de flashes e o barulho de canetas rabiscando bloquinhos, repórteres se acotovelando em busca de ângulos. A modelo, então, soltou um gritinho e desabou no chão. Aplausos ressoaram pelo lugar.

— Esse negócio de moda até que tem emoção, hein — comentou Silvinho, rindo. — Melhor até do que Cruzeiro e Atlético!

Conrado ergueu as sobrancelhas e tapou a boca: aquilo não estava incluído em seu roteiro. Jorge se levantou num pulo e correu até a moça esparramada no chão. Tomasina chegou logo em seguida, mas só pôde apertar o ombro do irmão, já ciente de que era tarde demais.

— Ela morreu — disse o médico, olhando para a irmã. — Não era uma apresentação...

Tomasina sacudiu a cabeça.

— Não, Jorge, ela não morreu. Olívia foi assassinada — disse a moça, e em seguida voltou-se para os presentes. — Senhoras e senhores, preciso da atenção de todos. Seria muito, muito inconveniente, se algum de vocês fosse embora antes de a polícia chegar. Essa moça foi assassinada e o culpado está entre nós!

Um mar de gritos e um tsunâmi de murmúrios, o rebuliço da Torre de Babel... Rostos se voltaram para Saulo, exigindo a prisão imediata do herdeiro. Não tinha erro, ora, a defunta mesma o tinha acusado logo antes de colapsar.

Jorge, auxiliado pelo prefeito e Silvinho, colocou um tecido branco sobre o corpo de Olívia e o moveu para uma salinha adjacente, poupando a sociedade de uma vista incômoda. A última coisa que os presentes viram dela foi o braço de ébano escapando da mortalha improvisada, um aceno macabro de despedida. As outras modelos, abaladas e desesperadas, foram levadas por Pierre até os bastidores.

Jorge anunciou que faria uma análise preliminar do cadáver e voltaria com informações.

— Um assassinato! — disse Conrado, todo sorrisos. — Aposto que o Clodovil nunca teve morte na passarela dele. Ah, espera só até o resto do país ficar sabendo. — Virou-se para o mordomo no mesmo instante. — Pierre, querido, coloque os repórteres em assentos melhores, não quero que percam nada de agora em diante.

Coronel Hilário se levantou e meteu um dedo em riste no rosto do costureiro. As veias saltavam no pescoço e perdigotos voavam livres.

— O senhor não tem vergonha de falar tamanha indecência? — disse o Coronel. — Uma jovem acabou de morrer e você está preocupado com manchetes! Que tipo de patife é o senhor?

Conrado acendeu um cigarro e retorquiu:

— Ah, coronel, tão patife quanto a patifaria me permitir e tão vedete quanto. — Deu de ombros. — Lamento pela moça. Até vou mandar uma coroa de flores. Mas aí já é assunto de polícia. Ela cuida da morte e eu cuido das manchetes.

Clarice parou a reza do terço — que tinha se tornado mais fervorosa desde o assassinato — e puxou o pai pelo braço, evitando que o senhor perdesse as estribeiras do bom senso e bofeteasse o costureiro — o que, talvez, na opinião dela, não fosse de todo ruim, mas seria escandaloso e vulgar demais.

Logo chegou o prefeito, que tinha saído para dar um telefonema, pálido e tremendo, limpando o suor do rosto.

— Já liguei para a polícia — disse ele. — Em breve estarão aqui. Gostaria de pedir que ninguém saísse da sala. Temos que ficar aqui até que alguém de competência chegue para lidar com o assunto.

Foi aí que Saulo se levantou num salto, arrastando uma surpresa Prudência pela mão. Saiu batendo os pés e só parou quando Pierre o impediu de cruzar a porta.

— Temo não ser possível, *monsieur* — disse o mordomo.

O rosto do herdeiro se contorceu e ficou vermelho, as bochechas adquirindo um rubor sanguíneo.

— Saia da minha frente — ordenou Saulo. — Não tenho nada a ver com isso e não perderei o meu tempo aqui.

Silvinho riu.

— Se eu posso perder o meu tempo em nome de uma querida amiga, sinhozinho — disse o jogador —, vossa majestade também pode, chapa. Eu conheci Olívia de verdade, diferente do senhor e do seu dinheiro, que, como claramente vimos lá, não pôde comprá-la.

Saulo e Silvinho trocaram olhares ferozes, como dois animais antes de uma queda nas vias de fato.

Nesse momento, um pigarro delicado, acompanhado de uma silhueta magricela, ocupou o meio da sala.

— Sr. prefeito, sr. jogador de futebol, Saulo e demais — disse Tomasina —, acredito que já terei solucionado o crime quando a polícia chegar. — A jovem sorriu. — Em menos de uma hora os inocentes estarão em suas casas e o culpado estará nas mãos da Justiça.

Olhares se voltaram para a moça negra de feições empolgadas e olhos brilhantes, perguntando-se de que planeta poderia ter saído. E foi exatamente isso que Dona Antônia, abrindo um leque, colocou em palavras:

— E quem é a senhorita? É da limpeza? — disse a velha. — Não se meta naquilo que não te diz respeito, menina.

Tomasina olhou para a madame e sorriu, como se tivesse esperado por aquilo desde sempre.

— Oh, que indelicadeza a minha — disse. — Meu nome é Tomasina Regal, filha de Abraão Regal. Imagino que já tenham usado o leite condensado da nossa família em suas receitas. — Uniu as mãos nas costas e olhou para cada feição presente. — E, talvez, pode ser que tenham ouvido falar de um casinho misterioso na Riviera que solucionei com muita humildade. Deu em todos os jornais.

Os olhos do prefeito se arregalaram.

— É você... — ofegou ele — ... a mulher que desvendou o caso do xeique assassinado em Côte d'Azur. — Apertou a mão de Tomasina. — E o caso em Divinópolis também! A grande investigadora! Li tudo sobre ele.

— Sim, eu mesma — respondeu. — Não se preocupe, vou solucionar o mistério e poupar o senhor de todo o bafafá dos jornais.

— Mas eu quero o bafafá dos jornais! — protestou Conrado Versolato.

A sala irrompeu em falatório. Quem não tinha ouvido falar do xeique assassinado na Riviera Francesa, num quarto trancado por dentro e sem nenhum sinal de arrombamento? Parecia um mistério insolúvel até uma turista brasileira (intrometida) o resolver com uma sagacidade impressionante. Jamais imaginariam estar na presença de uma celebridade dos cadernos policiais, ainda mais uma que tivesse uma aparência tão... peculiar.

— Não precisamos de investigação — disse Clarice, fazendo o sinal da cruz. — Já sabemos muito bem quem fez isso: a pessoa que atacava a moça quando entramos nos bastidores e que tentou fugir ainda agorinha. — Ela apontou para Saulo. — O óbvio não precisa de solução.

Foi a vez de Prudência Christo apertar a mão do noivo e fechar o rosto para Clarice.

— Saulo não faria uma coisa dessas — disse ela e, estreitando os olhos, completou: — Não levantarás falso testemunho, ouviu?

Dona Antônia gargalhou, os dentes amarelados em exibição.

— Vê-se, até muito bem, que a passarinha não conhece a *fama* do próprio homem. — Os lábios se converteram num sorriso e o reboco da maquiagem exibiu mil rachaduras. — Talvez esteja na hora de abrir os olhos. Já dizia minha finada mamãe, quem avisa amiga é...

— Eu o conheço e isso me basta — respondeu Prudência. — E sei que não há nele nada que não possa ser reparado pelo amor.

Foi nesse momento que o riso de Clarice ressoou, uma rouquice de cachorro velho e tabagista que tornou a desaparecer assim que ela voltou para suas ave-marias. Mas não sem antes recitar o Livro dos Cânticos, admoestando sobre as raposinhas que maculam as vinhas em flor.

Prudência Christo tirou um lenço da bolsa e pôs-se a enxugar lágrimas. Nos assentos, a fofoca voava com destino a todos os pontos cardeais, fazendo escala em cada orelha. Um coro de zumbidos e flashes que reagia à tragédia que se desenrolava diante deles. E foi aí que, não pela primeira vez, Saulo chamou as atenções e caminhou até o centro do espaço, o rosto furioso e as mãos agitadas.

— Sabem quem está amando tudo isso? — disse o jovem. — Conrado Versolato! Para promover as roupas dele. Vocês ouviram, ele está mais do que *feliz* com a morte de Olívia, com a publicidade que a morte dela traz... com o alívio que isso traz a ele, em particular.

Conrado revirou os olhos e forçou uma risada.

— E como é que a morte da manequim principal me alivia? — questionou. Então, se recompondo, acrescentou em tom normal: — Na verdade, isso tudo é um grande incômodo. Inclusive, achei uma tremenda falta de educação ela morrer assim do nada.

Os passos de Saulo foram rápidos como os de uma pantera, e o tapa que ele desferiu no rosto do costureiro foi tão barulhento que o estalo ecoou pelo salão, acima das vozes e dos movimentos.

— Porque ela sabia que você é uma fraude, Conrado — disse Saulo. — Que você, por trás de toda essa conversa de luxo, está falido... e este desfile é a sua chance de salvar a sua marca e pagar o que deve aos seus funcionários. — Saulo riu. — O grande Conrado não paga os empregados há meses e acredita que uma morte na passarela é a chave para salvar o couro dele.

Tomasina olhou para Conrado, que foi erguido por Pierre e carregado até a sua poltrona. Conrado, de cabelos bagunçados e roupas mal-ajambradas pela queda, acendeu um cigarro e soprou baforadas de fumaça. Porém, quando começou a falar, a voz era um ronronar grave diferente de tudo aquilo que era associado ao ilustre Conrado Versolato.

— Oh, querido, todo adulto possui alguma dívida; afinal, o cargo de herdeiro é para poucos... — Tomou um gole do café oferecido pela empregada de antes. — Eu sei que você está se sentindo mal, já que matar alguém a sangue-frio deve pesar mesmo na consciência, e a prisão vai ser horrível, *horrível*, pra você — fez uma pausa e deu uma risadinha —, mas, por favor, não me arraste para os seus dramas. Ora, eu mal tolero os meus.

Saulo engoliu em seco, o pomo de adão subindo e descendo. Tomasina viu que o jovem se esforçava para não golpear Conrado outra vez. Por precaução, Jorge se colocou ao lado do herdeiro, pronto para contê-lo ao menor sinal de agressividade.

Tomasina sacudiu a cabeça.

— Não acho que Saulo tenha matado Olívia — disse. — Ele certamente é um jovem intempestivo, mas não é do tipo que mata uma grávida.

A última palavra causou murmúrios, um escândalo daqueles, e fez até mesmo o velho Coronel Hilário abrir a boca em choque.

— Como você sabe que ela estava grávida? — indagou o coronel.

Tomasina sorriu e coçou o queixo.

— As sandálias estavam apertadas nos pés levemente inchados dela, o vestido vermelho estava justo demais na barriga, e, sabendo disso, Conrado a meteu num casaco para esconder o volume, o que não combina com um desfile de verão. — Olhou para o costureiro, que confirmou com um movimento de cabeça. — Além disso, percebi um *brilho* nela, muito comum em gestantes, pelo que li. Sempre achei que fosse lenda urbana, que curioso... Enfim, tivemos dois assassinatos aqui. Estou errada, Saulo?

— O que ela quer dizer com isso? — murmurou Prudência Christo, encarando o noivo.

Saulo olhou para Prudência e, em seguida, mirou Tomasina. Então, respirou fundo e baixou a cabeça.

— Os meus pais nunca aceitariam isso, eles me deserdariam... — falou. — Mas eu não queria abandoná-la, eu queria cuidar dela e da criança... meu filho.

Então, o herdeiro, famoso pelas andanças no caminho largo da vida, soltou as lágrimas que tinha segurado até aquele momento.

— Como pôde fazer isso comigo? — indagou Prudência Christo, chorando copiosamente e deixando que os cabelos loiros lhe cobrissem o rosto. — *Nós* estamos destinados a construir uma família. Eu e você, um amor de verdade, que não é da carne! Não uma...

A frase ficou pela metade, mas a voz da lacuna mostrou-se verborragia. Saulo agitou os ombros da noiva.

— Como é que você não entende? Quem eu sempre amei foi *ela*, Prudência! — gritou. — Eu sei e você também sabe que o nosso casamento é arranjo. — Ele abriu os braços, exasperado. — Para satisfazer dois sobrenomes e nenhum de nós. Como é que eu poderia te amar? Eu nem te conheço! O que você sente por mim não é amor, mas um delírio. É o deslumbre pela *ideia* do que seríamos juntos.

Prudência Christo encarou o jovem durante um longo momento. Foi como se o mundo tivesse parado naquele instante, morto pelas palavras do noivo. Então, ela se virou de costas e deu uma fungada, limpando o rosto com as costas da mão. Ficou ali durante um tempo, em silêncio, mas foi quando se virou que todos puderam testemunhar uma expressão que só poderia ser descrita como uma mistura de nojo e ódio, concentrados num volume fatal.

— Se a morte dela te entristece, se a morte do bastardo te choca, Saulo — Prudência sibilou o nome como se fosse uma maldição —, queria eu que ela morresse de novo e de novo.

Sem dizer mais nada, Prudência se jogou numa cadeira e chorou baixinho, baixo o suficiente para que todo mundo ouvisse e num ângulo que ficaria muito bom nas fotos.

— A morte de uma modelo grávida na passarela — comentou Conrado, ainda massageando o rosto. — O dia fica cada vez mais interessante!

Um vulto negro se adiantou, a mão esticada e os olhos arregalados, cabelos grisalhos se agitando.

— Que o bom Deus me perdoe, mas assim fica tudo explicado — disse a viúva Clarice, sacudindo o terço. — A moça

descobriu o adultério e matou a rival para encerrar o caso.
— Ela balançou a cabeça para cima e para baixo. — É o que a falta de Deus causa num relacionamento.

— Cale a boca, beata! — vociferou Prudência, a maquiagem borrada. — As suas palavras são veneno, víbora.

Clarice levantou o indicador para o Céu.

— O Senhor dos Exércitos fala por meio de mim!

Houve uma explosão de linguagem, tudo ao mesmo tempo. Opiniões variadas sobre o crime tomaram a sala, em alto e bom som. Alguns tomavam partido da coitadíssima Prudência; outros, do costureiro e até mesmo do herdeiro. Um bate e rebate dos mais variados argumentos e acusações. Todo mundo parecia saber exatamente o que tinha acontecido, tal como sempre acontece no ramo dos palpites.

O prefeito implorou de novo e de novo para que a ordem fosse reestabelecida. Jorge então colocou os dedos na boca e assoviou bem alto, um tipo imperioso de som que tinha dominado nos anos de escoteiro ao lado da irmã, capaz de fazer uma tropa infantil se calar no mesmo instante.

— Ordem, por favor! Não somos animais — disse o irmão de Tomasina. — Espero um bom comportamento das senhoras e dos senhores. Calem-se todos e aguardemos a polícia. — Ele olhou ao redor. — Afinal, somos aqui de boa sociedade e boa educação, não é mesmo?

Dona Antônia se viu no direito de uma risada.

— Nem todos, meu caro — disse ela. — Eu, por exemplo, sou neta de sinhá Biju, já ouviu falar? Na frente dela um pretinho metido que nem o senhor não falaria desse jeito, com essa arrogância toda. — Apontou para o médico. — Ou dobrava a língua, ou ia direto para o tronco!

— Amém! — gritou Clarice. — Está lá na palavra viva de Efésio: *Vós, escravos, obedecei a vossos senhores segundo a carne, com temor e tremor, na sinceridade de vosso coração, como a Cristo!*

Coronel Hilário, notando os olhares de Jorge e Tomasina, puxou a esposa por um braço e a filha pelo outro, tentando afastá-las dali, mas já era tarde. A miúda Tomasina caminhou até a mulher.

— Sinhá Biju isso, sinhá Biju aquilo, você fala *tanto* dela — disse a garota. — Imagino que o único motivo para isso seja o fato de você, pessoalmente, não ter nada que seja realmente seu para mostrar. Nenhum talento, nenhum brilhantismo. Apenas um nome velho, móveis embolorados e dinheiro de antigamente. Ó, pobre mulher rica! — Tomasina sorriu. — Você perguntou se o meu irmão já tinha ouvido falar de sinhá Biju. Claro que sim. A ilustre senhora de Vila Rica, dona de minas e plantações, proprietária de cinco mil escravos. — A voz de Tomasina não era mais que um sussurro. — Um deles, inclusive, era o meu bisavô, que fugiu dela para criar uma vida que resultou na minha. — Tomasina juntou as mãos atrás das costas. — Eu, tão negra quanto a vítima para a qual você nem liga.

Tomasina alisou uma dobra da roupa e voltou para junto do irmão, que agora também sorria.

A fachada de Dona Antônia se desdobrou numa carranca e ela esticou as mãos em busca da jovem, balbuciando palavras que não devem ser repetidas em nenhuma obra de respeito. A mulher avançou feito boi de rodeio, com fúria nos olhos arregalados, encarnando o espírito de sinhá Biju para dar uma lição naquela pretinha linguaruda que tinha a pachorra de desrespeitá-la.

No entanto, Dona Antônia não contava com o soco direto e rápido de Tomasina, que a arremessou para trás. A jovem estalou os dedos.

— Sou fluente em cinco idiomas e três artes marciais, Dona Antônia, e sou capaz de dialogar tanto com a minha língua quanto com os meus punhos. — E, como já ia se esquecendo do mais importante, acrescentou: — E gosto *muito* de confeitar, é um ótimo passatempo.

Coronel Hilário olhou carrancudo para Tomasina e, ajudado por Clarice, tentou erguer Dona Antônia pelos braços. No entanto, quis o destino que ele falhasse na missão. O homem soltou um grito de dor e apertou o peito, os dedos se fechando como garras. Suado e afogueado, enfiou a mão no bolso e foi atrás de sua caixinha de remédios, colocando um comprimido sob a língua.

O velho coronel, que durante anos tinha comandado seu império com mãos de ferro, desabou no chão, as mãos tremendo e a boca aberta. Prudência Christo soltou um grito horrorizado, e os presentes menos ilustres se remexeram nas cadeiras.

— E o dia de hoje não para de nos surpreender — comentou Conrado, pedindo ao mordomo que trouxesse um copo d'água: assistir a tantos escândalos o deixava calorento. — Sem gelo, Pierre.

Clarice olhou para Jorge com os olhos cheios de pânico, as mãos estendidas numa súplica.

— Você é médico — disse ela. — Ajude-o, depressa.

Jorge, guardando suas antipatias, mas sendo compelido pelo Juramento de Hipócrates, ministrou os primeiros socorros, mas logo viu que a única coisa a ser ministrada por ali deveria ser a extrema-unção. Coronel Hilário morrera numa fração de segundo. O médico, então, pronunciou:

— Morto. — Fechou os olhos do defunto. — Ataque cardíaco. Não havia nada que eu pudesse fazer.

Dona Antônia olhou para Tomasina.

— Isso é culpa sua! — gritou a mulher, limpando sangue do nariz. — A sua violência foi demais para o meu marido.

Tomasina cruzou os braços.

— Não, senhora, eu não tive nada a ver com a morte do seu marido — respondeu a jovem, alto o bastante para se fazer ouvir em todo canto. — Mas vou solucioná-la também; afinal, é o terceiro assassinato de hoje.

As vozes na sala se calaram. E até mesmo Prudência Christo, que ainda lamentava copiosamente seu destino amoroso e nupcial, fechou a torneirinha de lágrimas e fitou Tomasina.

— Meu pai sempre foi cardíaco — disse Clarice. — Tomava remédios para o coração havia anos.

Foi a vez e hora da recém-enviuvada se endireitar.

— O choque de hoje... — falou Dona Antônia. — Mortes e insultos contra a honra da nossa família, isso o matou! O sofrimento o matou.

Tomasina coçou a cabeça e andou de um lado para o outro, girando os óculos escuros na mão.

— Você está certa, o sofrimento o matou, mas não foi o seu — respondeu a jovem. — É possível que a morte de Olívia tenha contribuído, sendo ele tão próximo da vítima. Vê-la, o amor de sua vida, morrendo na frente dele, deve ter sido incrivelmente difícil. Duvido que qualquer um de nós, numa situação parecida, fosse capaz do autocontrole que Coronel Hilário exibiu.

Conrado colocou a mão na boca, cobrindo um sorriso divertido, esbaldando-se no bafafá.

— Que luxo!

No mesmo instante, Saulo se afastou de Prudência Christo e segurou os bracinhos finos de Tomasina, sacudindo-os como se fossem duas varetas arqueadas por um vendaval.

— Do que você está falando? — A voz cheia de raiva mal disfarçada. — O que você está *insinuando*?

Silvinho afastou o jovem com um braço, mas Tomasina nem pareceu registrar a existência do interlocutor, distraída demais com os próprios pensamentos. Aproximou-se do falecido e o observou cheia de minúcias, soltando suspiros aqui e ali. Então, se virou para Dona Antônia e disse:

— Onde mesmo acontecia a maratona da qual o seu marido participava?

A mulher fechou a cara.

— E o que isso te interessa, menina?

Ela acariciava o rosto do coronel como se, gentilmente, estivesse tentando acordá-lo. O prefeito se agachou ao lado da viúva e tomou a mão dela.

— Perdoe-me, senhora — disse o homem. — Mas acredito que esta senhorita está interessada em ver a justiça sendo feita em nome da moça e de seu marido.

Depois de um longo silêncio, Dona Antônia olhou para o lado e respondeu por entre os dentes:

— Pampulha — disse. — Ele fazia caminhadas na Pampulha.

Tomasina sorriu.

— Eis a ponta da orelha trágica de Shakespeare — disse a jovem, como quem confirma o que já sabia. — Porque eu me lembro de Conrado se referindo a Olívia como seu... *tempero especial saído direto da Pampulha.*

O costureiro colocou a mão no peito.

— Olívia, a musa da minha moda — disse Conrado, quase exprimindo um sentimento verdadeiro. — Uma pena que estivesse grávida, isso teria atrapalhado as minhas próximas coleções...

Tomasina foi de um lado para o outro, mais empolgada do que o irmão a tinha visto em semanas. Movida por aquela chama interna que só queimava quando o cérebro dela se via realmente entretido.

— Um senhor que fazia caminhadas na Pampulha e uma moça que mora na Pampulha — falou Tomasina. — Ambos mortos no mesmo dia e no mesmo local.

Não houve tempo para resposta. As portas se abriram, dando vista a dois policiais enormes que vinham guiados por Charles, o segurança de Conrado. O prefeito parou de consolar Dona Antônia e foi ter com os homens.

— Graças a Deus vocês apareceram — disse ele. — Temos três mortos aqui: o coronel e uma manequim, grávida, que levamos para outro cômodo.

Foi aí que Clarice se levantou num pulo, feito um lince que salta sobre a presa, seu terço entrelaçado nas mãos.

— O suspeito está bem aqui, senhores — disse, apontando para Saulo. — O adúltero que ceifou a vida da mulher que ele engravidou fora do casamento, em pecado!

Os policiais olharam para o prefeito, confusos.

— Temo que seja uma possibilidade, senhores — falou o prefeito. — Não seria de todo errado se ele e a noiva fossem levados para interrogatório.

Prudência Christo caiu de novo no choro, um rio de lágrimas cada vez mais volumoso. O rosto de Saulo se contraiu, deixando à mostra os dentes branquíssimos. Havia uma expressão sombria em seu rosto, de quem parecia capaz de matar.

— Eu não machuquei Olívia — disse ele. — Eu a *amava*. Tudo que eu queria era cuidar dela e da criança. Não sou culpado.

Tomasina se aproximou dos policiais.

— E eu acredito nele, sr. prefeito — disse ela, apontando para o jovem herdeiro. — A única coisa da qual Saulo Messias é culpado é de ser um tolo; e, pior, um tolo apaixonado pela filha bastarda do coronel. — Fez um sinal para os guardas. —

Por favor, preparem as suas algemas, precisaremos delas em breve... assim que eu revelar quem matou a manequim Olívia, o bebê e Coronel Hilário, pai dela.

Um burburinho tomou conta do recinto. As canetas dos repórteres voaram para os seus bloquinhos, rabiscos furiosos preenchendo linhas.

— Do que você está falando? — indagou Saulo.

— A covinha no queixo — disse Tomasina. — Tanto Olívia quanto Hilário tinham, assim como a outra filha dele, Clarice. Ora, muitas pessoas têm covinhas, e coincidências existem. Não fosse a reação dele ao pensar que ela corria perigo na sala de maquiagem. Talvez não tenha saltado aos olhos a forma como ele empalideceu e, imediatamente, buscou seus remédios. A forma como reagimos diz muito sobre o que pensamos. Meu irmão, por exemplo, sempre coça o nariz quando está incomodado, coisa que vem fazendo desde que chegamos aqui.

Jorge parou de coçar o nariz.

Conrado se levantou, ansioso pelo rompimento daquele nó górdio. Uma colcha de silêncio recaiu sobre a sala.

— A senhorita está dizendo que solucionou o crime? — indagou o prefeito.

Tomasina sorriu.

— Ah, sim, já faz um bom tempo, mas achei que seria mais sensato esperar até que a polícia estivesse aqui — disse ela. — Parecia a coisa mais segura a se fazer, já que é impossível prever qual será a reação de um espírito deturpado quando é pego. Admito que me surpreendi com a astúcia do crime, mas, tal e qual todo crime, quanto mais engenhoso e mais esperto se acha o criminoso, mais facilmente pode ser descoberto. Um criminoso revela muito de si quando tenta despistar.

Conrado voou para junto de Tomasina, empurrando Jorge para o lado e segurando as mãos da jovem.

— Ande logo, eu imploro — disse o figurinista. — Odeio suspense, odeio, odeio. Só eu gosto de surpreender.

Tomasina se desvencilhou da mão dele e olhou ao redor, encontrando quem buscava.

— Clarice, vou precisar da sua ajuda, se você não se importar — disse Tomasina. A mulher se levantou devagar. — A minha memória do catecismo não é tão boa — completou, erguendo as sobrancelhas. — Será que você poderia me dizer qual é o sexto mandamento?

— Não matarás.

— E qual é o quinto?

— Honrarás pai e mãe.

— Então, por que você quebrou os dois? — questionou Tomasina. — Além de mentir, o que também é pecado. Por que, Clarice, você matou seu pai, sua irmã e o sobrinho que nem teve a chance de nascer?

O rosto de Clarice passou pela transubstanciação, mudando do vinho para o vinagre. Dona Antônia se voltou para a filha, assim como os outros convidados. O prefeito pôs a mão na boca, incapaz de outra reação, e os demais, indo de Saulo até Prudência Christo e o costureiro, manifestaram incredulidade à própria maneira.

— Sua mentirosa! — gritou Clarice. — Eu sabia que não deveríamos te dar ouvidos. — Uma risada. — Que bela perda de tempo... Todo mundo viu Saulo Messias ameaçando a moça!

A mulher cuspiu no chão e atirou o terço contra Tomasina, que se esquivou com um movimento de cabeça. Então, caçada por infinitos olhares, Clarice tomou sua decisão: com um grito selvagem, ergueu as laterais da saia e começou a correr. Mas, antes do terceiro passo, foi detida por Jorge, que a segurou num abraço de urso, contendo membros que se debatiam. Em segundos, a dupla de policiais a dominou, e argolas prateadas se fecharam com um clique.

— Eu avisei — disse Tomasina ao prefeito. — É impossível prever o comportamento de uma alma deturpada ao ser pega. — Ela suspirou e abriu um sorriso, satisfeita. — Confio no senhor e nos seus policiais para conduzir a situação de agora em diante.

Dona Antônia, que até então tinha ficado rente ao defunto, engatinhou até a filha, segurando com as duas mãos aquele rosto enlouquecido.

— O que essazinha está dizendo é verdade, minha filha? — indagou a neta de sinhá Biju. — Por quê?

Clarice parou de se debater e encarou a mãe, os olhos vazios e escuros, como se o espírito já tivesse partido daquele corpo. Era tão somente a sombra da outrora fervorosa beata.

— Pela senhora, mãe — respondeu a assassina. — Eles precisavam ser punidos. Toda semana ele ia à casa dela, durante as "caminhadas" dele, levando presentes, doces e maquiagens para Jezabel. Eu soube imediatamente o que ele fazia... fornicação, luxúria, pecado da carne! Estava *desonrando* a senhora. — Ela revirou os olhos como se estivesse num transe. — *Mas o homem que comete adultério não tem juízo; todo aquele que assim procede a si mesmo se destrói!* — Lágrimas escorriam pelo rosto de Clarice, que esticou as mãos e agarrou o braço da mãe. — A senhora precisa acreditar em mim, eu estava protegendo a nossa família, porque Deus ama a família.

Dona Antônia sacudiu a cabeça.

— Você matou o seu *pai*, Clarice... — disse ela. — E agora vai pra cadeia. Você não salvou a nossa família, você a destruiu.

Os policiais ergueram Clarice e a arrastaram. A mulher se debatia e guinchava, praguejava e rogava maldições divinas contra todos. Tomasina, em especial, recebeu uma enxurrada de preces.

O choque tomou conta dos presentes que assistiram à cena com o fôlego preso e os olhos fixos. Aquele evento seria tópico de conversas ao longo do ano inteiro na alta sociedade de Belo Horizonte. Indo da Savassi até Floresta, da Pampulha até o Centro, todos dariam notícia. Ainda mais porque dali a pouco chegariam mais repórteres e mais fotógrafos, ávidos por espalhar aos quatro ventos os detalhes sórdidos que haviam se passado no ateliê Conrado Alta-Costura.

— Como você descobriu? — indagou Silvinho, chegando mais perto da investigadora. — Nunca vi uma mulher tão louca que nem aquela dona!

Foi a vez de Saulo Messias chegar mais perto e sussurrar uma pergunta:

— Como soube que eu não era o culpado?

Tomasina sorriu, como se já estivesse esperando, ansiosamente, por aquela pergunta.

— Até as peças mais leves fazem barulho quando caem — respondeu. Nesse momento, o prefeito, Conrado e outros curiosos se aproximaram. — A primeira delas foi a arma do crime... um batom carmim. Saulo, quando você saiu da sala de maquiagem, seu esbarrão fez com que Olívia deixasse cair um batom. Então, Clarice, numa atitude que não condizia com ela, o devolveu. Obviamente, fiquei surpresa com o fato de Clarice, uma mulher tão racista quanto a mãe, se abaixar para auxiliar uma jovem negra, por mais simples que fosse o gesto. Não fazia sentido. — Tomasina caminhou até o cadáver do coronel e se agachou perto do homem. — Como mencionei anteriormente, senhor prefeito, eu gosto de confeitar, e um bolo nada mais é do que o resultado de vários ingredientes se unindo da forma adequada, criando sentido e ordem a partir do caos. Logo, tal como ingredientes de uma receita, coloquei na panela... — Ela colocou o indicador na cabeça. — Tudo que ouvi sobre as caminhadas do coronel, o endereço da manequim e a percepção das covinhas, idênticas...

Jorge balançou a cabeça, ainda sem acreditar.

— Tudo isso por causa de um *batom*?

Tomasina se ergueu e alongou os braços; parecia mais animada do que jamais estivera.

— A família mineira tradicional é formada por uma esposa, filhos, marido e uma amante; a do coronel não foi exceção. Logo, não foi difícil imaginar que ele tivesse uma filha ilegítima com a empregada demitida anos atrás por ser "atirada". — Olhou para Dona Antônia, que não precisou mover um só músculo para que a confirmação fosse estampada em seu rosto. — Por algum motivo que não saberemos, visto que nem o coronel nem Olívia podem contar como se deu, o coronel descobriu a existência dela e tentou compensar o tempo perdido. Então, passou a ajudá-la em segredo. Clarice, acreditando que o pai estivesse tendo um *affair*, decidiu acabar com tudo ao estilo do Antigo Testamento e matou os dois. Ou melhor, os três. Imagino que colocar um batom envenenado no meio dos presentes que o coronel levava para a filha não tenha sido difícil, ou talvez o tenha trocado ao se abaixar para pegar aquele que Olívia tinha derrubado... Possibilidades. — Uma breve nota de tristeza surgiu na voz de Tomasina. — Inclusive, alguma coisa me diz que Clarice não se tornou viúva por causas naturais... talvez uma exumação mostre que a primeira vítima dela foi o próprio marido.

O prefeito coçou o queixo, ainda cheio de dúvidas.

— Mas e o coronel? Como poderia a morte dele ser culpa da filha, já que morreu do coração? — indagou o político. — Mesmo que tenha sido causado pela morte de uma filha, não é possível acusar uma pessoa de provocar um ataque cardíaco.

Tomasina abriu a mão, exibindo o que tinha pegado do bolso do Coronel Hilário quando se agachou ao lado dele: a caixinha de remédios. Pegou uma pílula e colocou na boca, mastigando de maneira metódica. Por fim, depois de vários *hums* e *ahs*, emitiu o veredito:

— Balinha — disse. — Foi um longo assassinato, que poderia ter acontecido a qualquer momento. Ela trocou os remédios do pai por balas e esperou que morresse. Fato que se deu aqui, quando ele testemunhou o fim de sua caçula. O coração dele não aguentou e, tal como Clarice havia planejado, ele morreu. O fato de ter acontecido junto com a filha foi apenas um rabisco do grande ironista: o universo.

Conrado riu como se Tomasina tivesse acabado de fazer uma apresentação artística.

— Que escândalo — disse o costureiro. — Uma família tão tradicional e tão decadente.

— Velharias acumulam mofo. — A detetive deu de ombros. — E velharias tradicionais acumulam ainda mais.

Saulo Messias estendeu a mão para apertar a de Tomasina, que retribuiu, não sem notar as lágrimas que brotavam nos olhos dele.

— Como isso pode ter acontecido? — indagou o herdeiro. — E por que ela nunca me falou sobre ele? — Ele agitou a cabeça. — Ela não queria se casar comigo para me *proteger*, proteger o meu... nome, como se eu ligasse para isso.

Tomasina coçou o queixo.

— As pessoas guardam segredos, umas das outras e até de si mesmas — respondeu. — Você e Coronel Hilário, apesar de todas as diferenças, são bem parecidos. Ao rejeitar um casório arranjado pelo costume e ao desobedecer às regras, lutando, ainda que de forma burra e espalhafatosa, por um amor condenado, você fez aquilo que Coronel Hilário não teve coragem de fazer. O amor verdadeiro deu a ele uma filha que você também amou, e a filha da tradição roubou isso de vocês dois.

Saulo ficou calado durante um longo momento, então limpou os olhos com a manga da camisa.

— Obrigado — disse ele. — Por me dar uma resposta. Isso não me traz Olívia de volta, mas... é um começo.

Tomasina deu um tapinha no ombro do irmão e se dirigiu à saída. Porém, antes de sair, deteve-se no batente e olhou para Prudência Christo, que ainda enxugava as lágrimas.

— Querida, minha querida — disse ela —, acho que já ficou bem claro que o sr. Saulo não tem interesse em você. Seria mais prudente tentar o seu golpe em outra pessoa, longe daqui. — Foi a vez de Saulo Messias parecer confuso, olhando da noiva para Tomasina. — A senhorita não é de família rica, notei isso enquanto vínhamos para cá. Os sapatos dela, debaixo das roupas elegantes, estão gastos. — Sacudiu a cabeça. — Senhoras ricas não usam sapatos estropiados, ainda que ninguém os veja. A insistência em ficar ao lado de Saulo, mesmo indesejada, indica que os sentimentos dele não são relevantes para você, apenas o casamento. Também acredito que a sua família esteja endividada e que essa união seja uma tentativa de salvá-la da bancarrota.

Saulo deu um passo para longe da noiva, tropeçando no cadáver de Coronel Hilário.

— Não, não é bem assim... — começou Prudência Christo. — É por amor, eu juro. — Ela se voltou para o jovem herdeiro. — Você não pode sair acreditando naquilo que uma qualquer fala. Que ultraje!

Conrado não perdeu tempo e mandou que os fotógrafos capturassem a cena imediatamente, de preferência com foco nele também. Aquele desfile tinha se tornado uma matrioshka de escândalos, e o nome Conrado Versolato seria o maior assunto do país durante meses!

— Não se esqueça de enviar as roupas para minha casa, Conrado, todas — disse Tomasina, bem alto, para o choque de inúmeras madames que ainda estavam por ali. — Estarei esperando.

Rapidamente, antes que os repórteres tivessem a chance de entrevistá-la, Tomasina se embrenhou, seguida por Jorge, pelo labirinto de corredores que levava até a saída.

— Eu falei que seria um dos melhores dias da sua vida — disse a garota para o irmão. — Outro mistério resolvido! Não foi tão divertido quanto o da Riviera, mas foi peculiar à sua maneira. — Colocou os óculos escuros. — Que aventura, meu irmão, que aventura!

Jorge riu e apontou para a última porta.

— Foi um dos *piores* dias da minha vida — respondeu ele. — Não sei o que você enxerga de interessante em mortes, crimes e desastres...

Tomasina passou o braço pelos ombros do irmão.

— O quebra-cabeça — respondeu. — Isso, meu querido, é o que me interessa. O encaixar das peças, a sinfonia da lógica. Existe beleza na ordem que emerge do caos. E o que é o ser humano quando falta ordem? Uma bagunça, um desastre, um chiste!

Jorge abriu a porta e os gêmeos desceram as escadinhas. Tomasina olhou uma última vez para a placa que dizia Conrado Alta-Costura e deu uma risadinha, detendo-se para contemplar o letreiro antes de prosseguir.

— Por que você ri toda vez que olha para isso? — indagou Jorge, que raramente conseguia acompanhar as idiossincrasias da irmã. — O que tem de tão engraçado?

A chuva tinha parado e um sol preguiçoso fatiava nacos de nuvens, refletindo seus feixes nas poças e formando pequenos arco-íris aqui e ali.

— Você *realmente* não sabe? — Como o olhar de Jorge permanecia estúpido feito o de um peixe, ela se pôs a falar: — Nosso querido Conrado, assim como a família de Coronel Hilário e assim como Prudência Christo, é uma farsa. A alta-costura, ou *haute couture*, só existe em Paris, meu amado Jorge. É um título que só pode ser conferido a um ateliê situado na Cidade Luz. Apenas a Chambre Syndicale de la Haute Couture decide o que é ou não alta-costura. Logo, não existe alta-costura fora de lá. E Conrado, a ilustre joia das Gerais, não se encaixa. — Ajeitou os oclinhos. — Esta é a graça: testemunhar como a falta de conhecimento faz com que as pessoas caiam em golpes anunciados em letras garrafais.

— Ora, Tomasina, se Conrado é uma farsa tão grande, por que você comprou todas as peças?

— Eu e Clarice não somos tão diferentes... Nós duas fazemos coisas extremas em nome daquilo que consideramos altruísmo — respondeu. — Ao comprar todas as peças, salvei o estilo de muita gente.

Tomasina virou as costas e saiu fazendo toque-toque-toque com os seus sapatinhos no chão da avenida Afonso Pena, em busca de aventuras posteriores — naquele momento isso significava um pão de queijo e um cappuccino no Café Nice.

Enquanto isso, Jorge, que sempre tinha tempo de sobra no consultório de oftalmologia, esperando pacientes que nunca vinham, ponderou se deveria escrever sobre os eventos daquele dia, registrar os feitos da irmã. Um passatempo de cavalheiro. Teria um título sensacionalista, claro, *O enigma da passarela*, ou *O caso da manequim de luxo*, coisa parecida. E seria escrito em terceira pessoa — não gostava da ideia de escrever *eu* isso, *eu* aquilo. Além disso, poderia dar a impressão de que era um fofoqueiro enrustido, coisa que não era. Talvez pudesse até mesmo vender a história para uma revista ou um livro de contos. Talvez escrevesse sobre o caso da Riviera futuramente?

No entanto, isso ficaria para mais tarde. Agora Jorge tinha que correr, porque lá longe, toda contente, estava uma jovem de humor insuportavelmente alegre, que se entretinha com o macabro e adorava quebra-cabeças. E, se Jorge não corresse, Tomasina o largaria para trás.

FELIPE CASTILHO

O CASO DAS NEFASTAS ASSINATURAS

À minha mãe Neusa por ter me apresentado a Rainha do Crime tão cedo. E, claro, ao casalzão Tommy e Tuppence: o mundo é um lugar mais seguro por causa de vocês.

MÁRCIO ESTAVA na sua vigésima primeira corrida daquele sábado nublado, e ainda eram quatro da tarde. Mais uma e iria para casa, prometeu a si mesmo. Para um motorista de aplicativo com mais de sete mil viagens computadas em três anos, ele ainda mantinha um ritmo diário invejável — mas isso nada tinha a ver com alguma predisposição ou amor pelo ofício. Pelo contrário: uma demissão injusta o havia obrigado a entrar no ramo, e a falta de oportunidades para um homem de quarenta anos, com uma defasada faculdade de administração e dois filhos adolescentes, acabara fazendo com que a "solução temporária" se tornasse sua única fonte de renda por mais tempo do que gostaria. Nada muito diferente das histórias que ouvia dos colegas de profissão que conhecia a cada parada em uma padaria ou nas longas filas dos postos de gasolina mais baratos.

Os riscos daquele trabalho eram muitos: ser assaltado, passar por um sequestro-relâmpago e ser trancado no próprio porta-malas, se envolver em um acidente na via expressa ou pior: resistir a um assalto, que evoluiria para um sequestro-relâmpago, ser trancado no porta-malas, fugir do porta-malas e acabar se envolvendo em um acidente na via expressa.

O lado bom eram as histórias colecionadas — não só as dele, mas também as compartilhadas pelos amigos motoristas. Todo domingo à tarde, na mesa do bar, acontecia a disputa pelos melhores causos da semana. Os relatos sempre começavam com um "Vocês não vão acreditar..." e então enveredavam por algo como "levei um casal que decidiu se divorciar durante a corrida", ou "o cara estava tão bêbado que me chamou de mãe e começou a chorar", ou até culminando em histórias inacreditáveis, como "não percebi que estava levando uma moça *muito* grávida e ela pariu no meu carro a dois minutos do hospital!". Essa última era de Hercule, que tinha o azar de sempre levar passageiros em situações limítrofes. "Eu tinha acabado de começar meu dia de trabalho, e de repente tinha um recém-nascido no meu carro!"

Nem sempre os relatos envolviam fatos bizarros, e corridas com passageiros célebres também entravam na contenda: "Vocês acreditam que hoje levei a moça do tempo do jornal das oito? Comentei que ia lavar o carro mais tarde, e ela me disse pra esperar, porque amanhã tem setenta por cento de chance de chuva!".

Faltando apenas duzentos metros para a chegada ao destino de sua penúltima passageira, Márcio não imaginava que logo teria um relato *daqueles* para contar aos amigos. Afinal, de entreouvidos pegou apenas uma parte da burocrática história envolvendo a mulher: *Alice, cliente VIP, nota 4.97.*

O que entendeu foi que uma startup brasileira, uma tal de Being Human, tinha recebido uma proposta de compra de um dos maiores estúdios de games e cinema do mundo, o Ton-And-A-Half. Alice estava indo à casa de um dos sócios para a resolução da papelada referente à consolidação do negócio. Ao menos foi o que ela disse ao celular, que segurava próximo ao rosto enquanto mexia na tela, o autofalante bem próximo à orelha para que ela escutasse uma espécie de audiodescrição dos botões clicáveis — assim como a voz virtual de seu próprio aplicativo de motorista, que dizia "enviar", "tocar", "cancelar envio" em uma velocidade bem acelerada. Em espiadelas pelo retrovisor, Márcio já havia visto outras pessoas com deficiência usando o celular daquele jeito e entendido superficialmente como cegos usavam smartphones. Ainda tinha algumas curiosidades sinceras e dignas, mas elas teriam que ser sanadas em outra oportunidade. Afinal, ele não interromperia Alice, que tinha passado a viagem toda trocando mensagens de voz com alguém que ele imaginava que fosse o chefe, um homem chamado Leal, e depois escutando um vídeo de alguma palestra.

"Você chegou ao destino de Alice", disse o navegador do celular de Márcio com a voz feminina e aveludada de sempre. Ao mesmo tempo, um ruído alegre anunciava uma nova corrida, saindo do local ao qual acabara de chegar. *Wellington, nota 5.0 — pagamento em dinheiro.* Márcio aceitou sem hesitar, interrompendo o toque musical do aplicativo. Não era sempre que duas corridas se emendavam assim tão perfeitamente, e ele não deixaria uma sorte daquelas passar. Afinal, aquela seria a vigésima primeira corrida, e o número era um bom augúrio.

Não era?

***

— ... *eu poderia continuar falando por horas, mas vocês têm um mundo para ocupar.*

A tela de Alice reproduzia a filmagem caseira em que um rapaz magro em uma cadeira de rodas discursava para um grupo de jovens sob seus capelos.

Ali, o que importava eram as palavras de Nuno Castro Jr. Mesmo que não houvesse um vídeo oficial do discurso do paraninfo da formatura de sua turma de Comunicação, Alice jamais esqueceria aquelas palavras.

— ... e lembrem-se de que ninguém pode impedi-los. Meu pai, Seu Nuno, era um advogado trabalhista de grandes sonhos. Assim como minha mãe, eterna amiga para todas as horas... Olha ela aqui, ao lado do palco! Deem um oi para a Dona Sônia!

Alice sempre sorria com essa parte, assim como os formandos da tela, que riam e aplaudiam o momento eternizado pelo vídeo.

— Enfim, Seu Nunão sempre dizia que eu tinha os mesmos direitos que qualquer um. Com ou sem deficiência, com ou sem qualquer síndrome. Seu Nuno se foi durante meu tempo em Stanford, mas nunca esqueci seu alerta: "Filho, lembre-se sempre da dinamite, que pode ser horrível e explodir coisas, mas também pode abrir novos caminhos onde antes havia só rocha". E estou aqui para manter vivo o ideal de meu pai, usando a dinamite para abrir caminhos, não para destruir vidas: vocês podem ir aonde quiserem, podem entrar em qualquer lugar, podem fazer o que quiserem... Desde que não seja um crime, vejam bem.

Os formandos irrompiam em risadas, e Nuno acrescentava:

— Vocês estão aqui para mudar o mundo. Agora, vão! Explodam!

Quase junto com o fim do discurso, o carro parou. Alice fechou o vídeo que escutava sempre que se flagrava ansiosa ou em dúvida. Naquele momento, naquele dia, ela ainda não sabia como se sentia. Talvez um pouco dos dois.

O discurso do homem que inspirara a sua carreira estava ali, pausado, para com certeza ser retomado mais tarde — pela milésima vez. Suspirou, conhecendo a delicadeza da situação que viria a seguir, assim que anunciasse a sua chegada na recepção do apart-hotel. Aqueles eram seus últimos momentos antes de concluir oficialmente o maior feito profissional de sua vida: consolidar sua carreira de representante comercial com a venda da Being Human para a Ton-And-A-Half Studios, depois de coletar as assinaturas dos sócios da startup. Dois eixos de sua vida colidiam nesse trabalho de uma forma que ela jamais imaginaria ser possível.

O motorista, notando que ela demorava para sair do carro, deu uma pigarreada nervosa.

— Quer ajuda, moça?

Alice assentiu com a cabeça, o rosto virado para a frente.

— Aceito. Me diz: tem algum policial, repórter ou cinegrafista em frente ao prédio aqui à esquerda?

O homem respondeu rápido, solícito.

— Hum... não, acho que não. Só um segurança na frente da entrada e um rapaz saindo.

Alice entendeu, pelo som do náilon do casaco do motorista raspando, que ele havia levantado o braço, talvez apontando na direção da entrada do prédio. Então, destravou a porta para descer.

— Bom, acho que cheguei na hora certa.

— Você é famosa, moça?

— Ainda não, felizmente. Mas a gente nunca sabe o que o dia nos reserva, né? Obrigada!

O motorista riu, oferecendo nova ajuda, mas Alice apenas agradeceu e saiu do carro. Com a bengala dobrável, tateou em busca do meio-fio antes de colocar os pés na calçada. Já no pavimento, aproximando o celular do ouvido, navegou pela interface do aplicativo de viagens utilizando o software de leitura de imagens para dar 5 estrelas para o motorista — *Márcio, nota 4.98*. Com tanta coisa acontecendo na cabeça de Alice, aquilo certamente poderia esperar. Mas ela sabia que, se não o fizesse logo ao fim da corrida, nunca mais se lembraria de voltar à avaliação. E fazia questão de elogiar todos os profissionais que não a tratavam como uma alienígena pedindo carona. Esperou o leitor de tela, configurado para recitar as palavras em velocidade dobrada, encontrar o texto pré-formulado que queria: "carro limpo e direção segura". Então ditou um novo, elogiando o perfume suave de lavanda que havia no interior do veículo.

Foi quando se aproximou dela o som de passos firmes, mas cadenciados, como se uma perna arrastasse mais que a outra. A pessoa tinha um odor amadeirado, interrompendo o rastro de lavanda que aos poucos se tornava tênue para o olfato de Alice. Sua passagem foi seguida por um assobio, daqueles típicos de chamar a atenção de alguém, seguido de uma voz rouca e esbaforida:

— Márcio?

Alice entendeu que aquele era outro passageiro para o mesmo motorista que havia acabado de deixá-la. Márcio respondeu com outra pergunta: o nome do passageiro.

— Wellington? Boa tarde!

Alice pensou na capital da Nova Zelândia, o que imediatamente lhe remeteu à viagem que faria para a Austrália dali a dois meses. Associações tortuosas entre assuntos (no caso, *Wellington* pessoa e *Wellington* cidade bastavam para a conexão) eram algo comum para ela no cotidiano da Ton-And-A-Half. Leal, seu chefe, costumava dizer que era isso que fazia dela uma funcionária tão valiosa. "Você trabalha em uma gigante multinacional dos games que busca excelência em Inteligência Artificial, mas faz umas associações que nenhum programa ou algoritmo conseguiria." Alice sempre sorria timidamente. Certa vez disse que era algo de família, ao que o chefe respondeu que uma reunião da Casa dos Beresford — e ele sempre assumia um tom exageradamente afetado ao dizer o sobrenome do meio da funcionária — devia parecer um grande quiz de curiosidades.

— Longe disso — ela replicara na ocasião. — Uma família metade britânica e metade brasileira transforma tudo em uma terrível amostra de choque cultural. A parte Beresford não é muito chegada a brincadeiras. A parte Oliveira já se assemelha mais a seres humanos.

Ao chegar à recepção do apart-hotel em busca de Jean Valerin, anunciou-se apenas como Alice Oliveira. Pediram que ela subisse até o décimo oitavo andar, a cobertura, e procurasse pela segunda porta à direita. Aproveitou para repassar os nomes daquele longo dia de coleta de assinaturas. Ouvir a voz do aplicativo repetindo suas tarefas óbvias a ajudava a entrar no estado de espírito e foco necessário:

> **Sócios da BEING HUMAN**
>
> - *Renato Hoffman (diretor financeiro e de monetização)*
> - *Jean Valerin (programador)*
> - *Roberta "Beta" Gomez (diretora de Comunidade)*
> - *Nuno Castro Jr. (programador e sócio majoritário)*

Por razões infelizes, seu trabalho seria menor que o esperado. Meses antes, Renato Hoffman cometera suicídio. Pouco antes ele declarara em uma entrevista que venderia sua parte da Being Human. Sua morte atingira Alice de uma maneira muito particular, pois ela sempre havia acompanhado com interesse a trajetória da empresa. Desde as discussões iniciais em fóruns da internet, até depois, quando a empresa explodiu. Os motivos para isso eram muitos e os mais pessoais possíveis: a instituição, fundada por Renato e mais três amigos na Universidade Stanford, havia criado o melhor aplicativo do mercado para pessoas com deficiência visual, auditiva e de fala, o que melhorara demais o acesso de pessoas como Alice a livros que não estivessem em braile ou adaptados para áudio. Sua formação em Comunicação e seu MBA em Gestão de Negócios só haviam sido possíveis graças ao aplicativo da startup unicórnio brasileira — ou 75% brasileira, uma vez que Roberta Gomez era mexicana. Claro, muitos leitores de texto podiam ditar livros digitais, mas nenhum como o VoxSee: a inteligência artificial criada pelos empreendedores e programadores aprendia como deveria ser a entonação e onde a frase deveria ter pausas dramáticas e mudanças de tom — o que basicamente mudava toda a experiência de ouvir um livro que não tivesse versão em áudio. Além do mais, descrevia imagens e reconhecia fotos e desenhos de palavras — como uma sentença ou um nome em uma foto de outdoor. Esse era o trunfo do VoxSee, graças à mente brilhante de Nuno Castro Jr., que muitos chamavam de "o Stephen Hawking *millenial*".

De fato, havia semelhanças entre Nuno e Hawking. O brasileiro também era portador de Esclerose Lateral Amiotrófica — ou E.L.A. —, a mesma síndrome que acometera o gênio estadunidense, que era seu ídolo e modelo a ser seguido. Graças a uma bolsa concedida por uma entidade filantrópica ligada ao espólio de Hawking, o jovem, que havia superado sua expectativa de vida inicial de apenas 24 anos, pôde estudar em Stanford e, a partir dessa oportunidade, criar mecanismos que lhe garantissem autonomia e capacidade de execução criativa mesmo depois do agravamento da síndrome, com a perda dos movimentos.

Para Alice, os quatro fundadores da empresa eram heróis a quem ela devia gratidão por tudo que haviam lhe possibilitado ser em um mundo onde acessibilidade definitivamente não era uma prioridade.

Quando o elevador chegou à cobertura, não houve nenhum anúncio sonoro que lhe garantisse estar no andar certo. Alice deu um passo para fora e recorreu à placa ao lado do painel, já fora do elevador, e ao menos encontrou um aviso em braile: "décimo oitavo andar".

"Ainda bem que todo ser humano cego recebe um upload de como ler braile", pensou acidamente consigo mesma, uma manifestação clara dos pensamentos do lado Beresford.

Ao lado da porta de Jean Valerin havia um segurança, que desejou boa tarde e disse que "o sr. Valerin" a esperava. A porta se abriu antes que o homem auxiliasse Alice. Jean, que a havia escutado no corredor, a chamou e abriu espaço para que entrasse. Antes de fechar a porta, perguntou para o segurança se estava tudo em ordem. Alice supôs que o silêncio que se seguiu significasse algum sinal de positivo, com a cabeça ou com as mãos.

— Sente-se, por favor — disse Jean, agitado. O lugar estava abafado, como se alguém tivesse esquecido de abrir as janelas ou ligar o ar-condicionado. Alice o acompanhou até um dos sofás, seguindo o tilintar de pedras de gelo em um copo de vidro grosso. O homem se movia pela sala e soava nervoso; pelo cheiro que Alice sentiu de sua respiração àquela distância, parecia que ele vinha funcionando à base de álcool desde os acontecimentos recentes; nessas condições, começava a duvidar se deveria deixar ele assinar os documentos.

— Me desculpe passar o endereço tão em cima da hora, Alice. Não foi fácil despistar a imprensa da minha casa até aqui. A gente quase bateu o carro dia desses. Depois de dois meses sem novidades era de se esperar que já tivessem desistido de mim, mas parecem não largar o osso. Quer um drinque?

— Não, obrigada — ela disse, notando com a bengala que havia um carrinho com rodinhas ao lado do sofá, de onde vinha um cheiro de peixe defumado. Provavelmente o almoço tardio de Jean, entregue pouco antes pelo serviço de quarto. Alice indicou a origem do aroma com a cabeça, sentando-se no sofá de frente para o homem e apoiando a valise na mesa de centro. — Atrapalho? Posso aguardar enquanto você come. De verdade.

— Ah, isso pode esperar — ele respondeu, descansando o copo ao lado da valise de Alice e estalando as juntas dos dedos. Alice sentiu que deveria dizer algo antes de partir para os negócios.

— Bem, eu sinto muito pela questão com os repórteres, a venda da Being Human ainda é um assunto grande. Eu... não posso imaginar a dor e a dificuldade desse momento. Gostaria de oferecer meus pês...

— Vou sentir muita falta do Renatinho — Jean interrompeu. — Muita. Mas me conforta pensar que não vamos seguir com ele fora da jogada. Sem um dos quatro, não é a mesma empresa. Não sei se você sabe, mas, no acordo que fizemos com Nuno, a empresa só poderia ser vendida por inteiro e de comum acordo entre nós quatro. Mas agora que Renato jogou tudo no ventilador, não tem mais "os quatro" para chegarmos a qualquer acordo. Cada um pode vender a própria porcentagem sem consultar os outros. — Ele fez uma pausa pegando o copo e balançando o gelo, depois continuou: — Que a família do Renato receba a parte contratual por direito. Não que vá aplacar qualquer dor... E que a Being seja vendida, então. Era o que vocês, da Ton, queriam há tempos, não?

"Comprar a empresa e a criação de vocês, incluindo a transposição de imagens para texto e seu fantástico algoritmo de Machine Learning?", pensou Alice, em uma ramificação da conversa que só existia dentro de sua cabeça. "Claro! Usá-los em ferramentas de *text-to-speech*? Com certeza! E depois vamos aplicar tudo isso em games, revolucionar a localização de conteúdo de áudio..."

Alice balançou a cabeça, um tanto confusa. Aquela era a sua ambição profissional falando através dela. Era de conhecimento geral o juramento que os sócios-fundadores haviam feito de nunca vender partes da Being Human, para nunca perderem o controle sobre suas criações e um ou mais deles ser trancado para fora. A empresa só seria vendida se todos concordassem, e ela ainda não havia recebido nenhum retorno de Nuno sobre o interesse da Ton-And-A-Half. Embora não pudesse negar a felicidade e a realização que sentira ao receber o ok de Jean, também se sentira culpada imaginando que poderia estar sendo a pivô de uma quebra de juramento. Saber que em caso de morte a conversa mudava um pouco tirou um peso enorme de seus ombros. E fazia sentido então Jean não parecer contrariado em estar ali, assinando aquela papelada. Sua voz e sua atitude sugeriam apenas um tanto de desalento.

"Então, por que está fazendo isso?", Alice pensou, antes de tatear as pastas certas dentro de sua valise. Ela sabia que a coisa certa a se fazer era falar o mínimo possível e apenas coletar a assinatura, mas, quando se deu conta, já estava se intrometendo mais do que deveria:

— Apenas uma curiosidade pessoal, como uma admiradora do trabalho de vocês, até pela forma como ressoa em mim... Vocês já cogitavam vender a empresa? Digo, antes de o Renato... enfim. Vocês pensavam em vender, mesmo com a promessa de se manterem fiéis ao manifesto de independência do VoxSee?

— Na verdade, não. Pelos menos, Nuno, Beta e eu não — respondeu Jean, hesitante, a voz cada vez mais mole, antes de dar um ruidoso gole no uísque. Fez uma nova pausa para se esticar e pegar a garrafa na mesa de cabeceira ao lado do sofá, servindo-se de mais uma dose. Em vez de devolver a garrafa ao lugar, depositou-a no carrinho do hotel com a comida, que estava mais próximo. — Renato tentou convencer a gente umas duas vezes antes de... Ele disse que tinha uma companhia gringa muito interessada e que seria um retorno muito bom para nossos anos de empresa. A gente não confiou muito, mesmo ele mostrando alguns números. Renato às vezes apostava alto e caía feio nos próprios investimentos. Aí um belo dia falou que tinha conversado com Nuno e que tinham entrado em acordo, o que foi um choque para mim. Isso foi depois que deu aquela entrevista e disse o que disse. Mas, como você deve saber, a entrevista já tinha incendiado os fóruns de discussão, que sabiam que, assim que a empresa fosse vendida, o nosso aplicativo provavelmente não seria mais gratuito. E nosso inferno começou.

— Cheguei a acompanhar nas redes — assentiu Alice, que conhecia muito bem o impacto da declaração imprudente de Renato.

A tecnologia do VoxSee, de acordo com o manifesto da Being Human, tinha o intuito primordial de trazer autonomia para cegos, pessoas com baixa visão, com baixa ou nenhuma audição ou, ainda, com dificuldade de fala. O programa aprendia sozinho, por exemplo, a simular a fala de uma pessoa em um processo simples para o usuário com deficiência auditiva, então foi apenas uma questão de tempo até a grande inteligência *memética* da internet criar músicas inéditas, como "Freddie Mercury cantando Billie Eilish" ou "Lady Gaga cantando Genival Lacerda". Ao mesmo tempo, as pessoas dos recônditos mais sombrios da internet criavam centenas de áudios forjados de pessoas famosas dando declarações constrangedoras e criminosas. Em muitos casos, o tribunal da internet fazia o seu linchamento sem sequer conferir nos canais oficiais a veracidade das falas.

— Faz tempo que o Renato temia o que a nossa tecnologia estava causando. Quando a gente se reunia, geralmente por chamada, ele e Nuno quase sempre entravam em um embate moral. Não posso dizer que não concordava com Renato... — acrescentou Jean.

Alice pensou na trajetória e no impacto mundial do VoxSee. Logo nos primeiros casos de "deep fake sonoro", a Ton-And-A-Half tentara contato com a Being Human a fim de adquiri-la e regularizar o acesso à ferramenta, oferecendo também um plano para o "controle de danos" pelo mau uso do VoxSee: uma das principais ferramentas seriam monitores do uso, e outra, esta especificamente para assinantes que pagassem, seria um bom time de advogados que ajudassem a entender possíveis problemas legais. Mas os sócios — mais especificamente Nuno — sempre se recusaram a vender, dizendo que a ferramenta precisaria ser livre para que as pessoas *realmente* necessitadas tivessem acesso a ela, independentemente do uso que os mal-intencionados pudessem fazer. Não é preciso dizer que depois da morte de Renato o número de casos fake havia aumentado muito, parecia que os *trolls* estavam correndo contra o tempo, causando estragos a torto e a direito.

A *dicotomia da dinamite*, pensou Alice antes de trazer uma informação que talvez até fosse novidade para Jean, mas não seria completamente inesperada.

— Renato entrou em contato conosco meses atrás, um pouco antes da declaração na entrevista... para saber dos riscos de alguma quebra contratual entre ele e vocês, sócios...

— Hum. Ele sempre foi muito próximo de Nuno; mesmo com as brigas e depois que a saúde de Nuno deu uma piorada, não se largavam. Eu e Beta meio que sempre fomos os outros. Tudo bem que eu geralmente não saio de casa, e Beta é sempre superocupada com as redes da startup. Enfim, é estranho imaginar algo assim vindo de Renato. — Jean fez uma pausa, tomando mais um gole da bebida, e em seguida continuou, com um tom amargo: — Mas, enfim, ser sorrateiro me parece algo muito dentro do personagem "diretor de finanças".

— Não o culpe — retrucou Alice, compreendendo perfeitamente o estado de espírito de Jean.

— Mas não culpo mesmo — interrompeu Jean. — Desde o início, a maior parte dos valores "morais" da empresa vieram de Nuno e de Beta, ele por causa da E.L.A. e de todo o seu engajamento na causa da acessibilidade. E ela por acreditar em um acesso democrático às tecnologias.

Alice então ergueu o próprio smartphone, sendo simpática para quebrar o gelo.

— Bom, se hoje a minha vida na Ton-And-A-Half é possível, devo muito ao VoxSee.

Por conta de um silêncio prolongado, Alice achou que seu comentário havia funcionado, que Jean havia sido tocado — e que estava menos arisco. Esperava que ele compreendesse que ela não estava forçando a barra nem o bajulando: sua gratidão era bastante real.

— Que bom, Nuno sempre diz que autonomia é a coisa mais importante da vida — Jean começou com cautela. — E eu concordo! Mas também concordava em partes com a venda. Acho que Renato, em algum momento, percebeu que estávamos nos tornando escravos de nossa própria criação e de toda a questão ética derivada dos áudios fakes. E entendeu que era hora de simplesmente deixar outros fazerem isso pela gente. E agora, com esse monte de ataques, acho que já fizemos o bastante. Não aguento mais tanta exposição. É imprensa, é gente na internet, é advogado cobrando. Para Beta tem sido a mesma coisa, mas ela não divulga... Enfim, só posso falar por mim, e eu não quero ser engolido pela nossa invenção, ter um fim como o de Renato... Meu Deus, nem posso imaginar o que passou pela cabeça dele.

— Ele nunca deu nenhuma pista de que pudesse chegar a esse ponto?

— Nunca — respondeu Jean de pronto, fungando em seguida. — Mas nunca se sabe o que o outro está pensando, certo? Digo, ele falou primeiro com a imprensa sobre o desejo de vender a empresa, só depois tentou falar comigo e com a Beta. Se comentou algo mais com Nuno... o assunto parece ter morrido entre eles, mesmo. Como falei, qualquer papo dos dois sobre venda sempre foi bem ácido e eu nunca fui de ficar perguntando.

Alice apenas assentiu. Como admiradora do trabalho, estava achando a conversa interessantíssima. Ter os dois lados da família adeptos a uma boa fofoca ajudava bastante. Ela já imaginava que a venda tinha feito os ânimos se exaltarem. Preparava-se para perguntar mais, mas Jean se remexeu no sofá, inquieto, então pigarreou e apoiou o copo na mesa.

— Bom, me passe os documentos, então... antes que eu beba mais e não consiga nem segurar uma caneta.

Alice já havia decidido esquecer a validade de qualquer assinatura que ele fizesse hoje, mas sentia-se instigada como nunca pela direção do papo, por isso, entregou os documentos.

Ele começou a rubricar e assinar as dezenas de páginas e anexos do contrato sem sequer parecer ler cada uma.

Obviamente já havia lido as prévias por e-mail, mas Alice não esperava que ele simplesmente saísse validando tudo o que estivesse pela frente sem se certificar. Muita gente sóbria do Vale do Silício já havia se dado mal por assinar contratos sem a devida atenção.

Pensando em como Jean era afortunado por ter uma representante honesta da Ton ali acompanhando sua assinatura, Alice foi se deixando levar pelo som da caneta de ponta fina arranhando o papel. Supôs que as janelas do flat fossem à prova de som, pois o silêncio ali dentro não era nem um pouco perturbado pelo eterno ruído branco que São Paulo emanava. Escutava apenas a caneta, a respiração de Jean e o tique-taque bem, bem baixinho de um relógio, que estava em algum lugar por ali...

... *algum lugar próximo*.

— Meu avô era relojoeiro — ela disse, casualmente — e me deixou um relógio de bolso muito bonito. Suíço. Não que me tenha sido de qualquer utilidade, né?

Jean, que estava terminando de assinar os papéis, hesitou por um instante e, então, soltou uma risada sem graça.

— Confesso que demorei pra entender... Aqui, pode pegar os documentos, estão assinados.

— Obrigada — disse Alice, guardando os papéis na pasta.

— Mas, desculpa, não entendi o comentário do relógio.

— Bom, você tem um relógio em algum lugar aqui, não? Desculpe, foi inevitável.

— Eu? — perguntou, confuso. — Bom, tenho esse SmartWatch. O celular... Em casa tenho o nosso VoxBox...

Alice se empertigou.

— Você não tem um relógio comum?

— Não — Jean riu, nervoso —, e, sinceramente, não estou entendendo.

A moça colocou o dedo na frente dos lábios; Jean se calou. Ela se levantou. O tique-taque estava próximo... vindo do carrinho.

— Quem trouxe a comida? — perguntou Alice, aproximando-se dele.

— Um... homem do serviço de quarto?

— Como ele era?

— Não sei, não lembro. Meu Deus. Por que tantas perguntas? O que está acontecendo?

— Você percebeu se o homem mancava?

Seguiu-se um silêncio indignado por parte de Jean. Alice agarrou o cotovelo de Jean e o puxou, como se fosse ela quem precisasse guiá-lo até a porta.

— Afaste-se desse quarto, agora — disse ao segurança assim que saíram no corredor, trazendo um confuso Jean pelo braço. O segurança gaguejou algo ininteligível em resposta. — Vai, pra longe! E peça a evacuação do...

Mas ela não pôde terminar a frase, pois naquele momento o apartamento temporário de Jean Valerin explodiu.

* * *

Ofegante e tirando a poeira dos olhos, Jean se virou para a sua salvadora em choque, a boca aberta como a de um peixe se engasgando com ar. Já a reação de Alice foi inesperada. Ainda com o zunido persistente na cabeça, pegou o celular e ligou para a polícia, murmurando "talvez ainda dê tempo" freneticamente, mas sem ser ouvida por ninguém, já que todos experimentavam o mesmo zumbido persistente nos ouvidos.

Acalmando-se e adotando firmeza na voz, Alice informou o endereço do prédio onde o atentado ocorrera e avisou que suspeitava de um homem chamado Wellington, de cerca de um metro e oitenta de altura, que mancava de uma das pernas e que possivelmente ainda estaria em viagem com um motorista de aplicativo. Em seguida, consultando as informações de sua viagem, deu a placa, o nome do motorista e a hora exata em que o suspeito embarcara.

Alguns desorientados minutos depois, seguranças e funcionários do apart-hotel conduziram Jean e Alice para fora, junto com os demais hóspedes, enquanto aguardavam a chegada da polícia e a verificação para saber se havia mais bombas no prédio. Alice, que não tinha problema nenhum com plateia, compartilhou seu raciocínio com os seguranças e gerentes do hotel que se aglomeravam ao redor. Tinha a desenvoltura de um detetive que explica o passo a passo da descoberta do assassino em uma sala cheia de ex-suspeitos confusos.

— O procurado se chama Wellington, é provável que tenha plantado a bomba no carrinho do hotel. Ele cruzou comigo quando desembarquei. Deduzi a altura aproximada considerando o assobio que ele deu assim que passou por mim. — Alice pausou por um momento e dirigiu-se aos funcionários do hotel. — Provavelmente um dos rapazes do serviço de quarto está desaparecido e deve ter mais ou menos a mesma estatura do suspeito. Se vocês olharem as gravações das câmeras, acredito que há uma boa chance de o encontrarem desacordado e sem uniforme.

Quando a polícia e os bombeiros chegaram, constataram que a explosão havia sido mais barulhenta do que potente, considerando a distância a que eles estavam quando ocorreu. A bomba tinha sido afixada na parte de baixo do carrinho de serviço, por trás da cortininha branca. Felizmente, nenhum hóspede de outros apartamentos teve ferimentos, nem o casal do conjunto ao lado que quase foi atingido pelo televisor de quarenta polegadas que voou do suporte na parede. Alice, Jean e o segurança de Jean saíram ilesos porque estavam já a alguns metros do apartamento do programador, mas teria sido bem diferente se Jean e ela estivessem *dentro* do quarto.

Quando a plateia ao redor de Alice começou a se dispersar graças à chegada da polícia e da perícia, foi a vez de Jean de tentar ser o centro das atenções, achando que revelaria uma verdade avassaladora. Com um ar grave e um tanto quanto idiota, disse:

— Eu acho que Renato foi assassinado.

* * *

O chefe de Alice fez de tudo para que ela fosse a um médico verificar qualquer possível concussão ou trauma causado pela explosão, mas teve que se conformar com a negativa.

— Já fui inspecionada pelos socorristas, Leal — disse ela, sentada no banco de trás do novo carro solicitado no aplicativo. — Pulso e pressão normais, zero ferimentos. Só fiquei com um pouco de gesso no casaco. Assinei o termo de responsabilidade e saí fora.

O chefe não se deu por vencido.

— Eles verificaram os seus olhos?

— Sim, continuo cega.

— *Odeio* quando você faz isso... Eu quis dizer a dilatação das pupilas, pra saber se você está em trauma, choque... Essas coisas.

— Dilatação normal. E ouso dizer que estou muito mais calma do que quando entrei naquele flat.

— Você quer dizer que está mais calma agora do que antes de quase morrer. Entendi.

— É sério. Eu queria entender o motivo de eles renunciarem tão fácil assim a um sonho. Tenho para mim que as conversas de Renato e Nuno foram muito mais do que troca de farpas sobre a empresa... Preciso falar com Nuno. Talvez Beta saiba de alguma coisa também. Jean disse que ela tem passado por algumas dificuldades.

— Eles devem estar morrendo de medo de serem assassinados.

— Nossa, muito.

— Medo de *morrer*, sabe?

— É, é o que se implica com *assassinatos*...

— É o que você deveria ter.

— Eu sei que você tem dois semestres de psicologia, mas depois a gente pode falar desse meu desejo suicida. Agora eu tenho que trabalhar.

— Sério, Alice. Vai pra casa. Agora é que ninguém vai querer fechar o contrato, e precisamos repensar essa estratégia depois de todos estarem seguros.

— Leal... você não acha estranho alguém tentar eliminar os sócios da Being Human logo após Renato mostrar interesse em vender a parte dele?

— Estranhíssimo. Mas você já imaginou se tem um caroço nesse angu e a Beta ou o Nuno, ou pior, se os dois estão por trás da morte de Renato e do atentado ao Jean? Este é o pior momento para tentar encontrá-los... Deixa isso para a polícia, não tem nada a ver com o nosso trabalho.

— Tem razão. Mesmo se começarem a investigar a Ton para tentar descobrir se não estamos, sei lá, envolvidos nos assassinatos de alguma maneira... aposto que isso não se refletirá de maneira alguma na imagem da empresa.

— ...

— Alô? Não tô te ouvindo, chefe.

— Que investiguem, Alice. Quem não deve, não teme.

— Verdade. E não vai rolar nenhum cancelamento, nenhum sentimento coletivo e negativo na internet. Nossa imagem vai permanecer intacta, certo?

— Se... se *colaborarmos* com a polícia, quem sabe...

— E eu posso colaborar mais ainda, me antecipando a eles. E ao assassino.

— A essa altura, já devem ter encontrado o suspeito.

— Tenho quase certeza de que aquele cara era só um pau-mandado. Me preocupo mais com quem o contratou. Preciso falar com os outros sócios.

— Alice, você não é investigadora. Ainda é minha funcionária, pelo menos se parar com esse papo de se antecipar à polícia.

— ...

— Alô? Não tô te ouvindo, Alice.

— Não quero ir pra casa agora. Minha cabeça tá fervilhando.

— Então, não vai pra casa. Vai fazer uma massagem. Ou pra um bar, um show... Sei lá, algum desses lugares aonde as pessoas vão depois de sobreviver a um atentado a bomba. Deixe a polícia falar com Beta e com Nuno, ok?

— Ok...

— Ah, e tire uns dias de folga.

— Por quê, Leal?

— Porque você merece, Alice. Câmbio e desligo.

* * *

— Alice Oliveira, vou à casa de Roberta Gomez, número 1412.

O carro ainda rodou por cerca de cinco minutos dentro do condomínio fechado antes de parar na casa de Roberta, que já a aguardava na calçada. O cheiro de grama recém-cortada era acolhedor e afastava a imagem mental de São Paulo, como se a capital estivesse a muitos e muitos quilômetros de distância.

— *Hola* — disse ela, abrindo a porta do carro e encaixando o próprio braço sob a mão de Alice. Por mais que não precisasse de apoio para aquilo, a visitante aceitou o gesto, por entender que toda e qualquer cumplicidade que conseguisse extrair da diretora de Comunidade da Being Human seria útil naquele momento.

— *Hola*. Obrigada por me receber, Roberta. Não posso deixar de dizer quão encantada estou de te conhecer pessoalmente.

— Querida, me chame apenas de Beta — ela começou em um português praticamente perfeito, tocado de leve pelo sotaque natal. — Eu teria te encontrado semana passada mesmo para encerrar essa questão contratual. Você deve saber, minha vida é um caos com tantas reuniões, mas quando liguei para a empresa me disseram que você estava de folga... Desculpe insistir por e-mail.

— Não tem problema nenhum. É como eu te falei quando conversamos por e-mail: fui *forçada* a tirar uns diazinhos, mas já estou bem! E você? Confesso que, depois do que aconteceu com o Jean, achei que você fosse estar trancada dentro de um quarto do pânico.

— Eu poderia, mas, bem, estamos cercados por policiais acompanhando nossos passos e mais uma dúzia de seguranças particulares que contratei por conta. Alphaville é naturalmente um imenso quarto do pânico para a maioria dos moradores. Mas vem, vamos entrando.

Alice a acompanhou, ouvindo em segundo plano os seguranças ao redor passando seus relatórios entre chiados de rádio e refletindo sobre as palavras da mulher. Beta parecia pensativa.

— Você não gosta muito daqui? — perguntou Alice.

— É difícil gostar *de verdade* daqui. Gosto da minha casa, mas ela poderia estar em outro lugar também, certo? Eu me mudei para cá a pedido de Renato e Nuno, que achavam que eu precisava estar perto do coração de nossos negócios, em Barueri. Jean dizia que não achava tão importante, mas que seria bom que eu estivesse por perto. No início eu resisti um pouco, mas concordei, porque o VoxSee sempre foi mais brasileiro que qualquer coisa. Eu vim para cá sabendo que teria que me adaptar.

— E conseguiu? — Alice perguntou quando elas chegavam à sala de estar, ainda sem entender se aquilo respondia à questão.

A mulher soltou o braço de Alice do seu e apoiou a mão dela no sofá, indicando que Alice se sentasse, então se acomodou em uma poltrona à sua frente. Alice não pôde deixar de pensar que aquela era a maneira de Beta postergar a resposta.

— É difícil dizer... Aqui é um lugar onde vive gente rica, você sabe. — Alice achou a resposta evasiva e inesperada. — E pessoas assim forçam o mundo a se adaptar a elas. Alphaville me parece uma tentativa esquisita de emular um modo de vida que nada tem a ver com o povo brasileiro, com sua história socioeconômica atribulada e dramática, assim como a do meu país. Isso aqui não é o Brasil. Eu queria ter sabido disso antes de vir morar pra esses lados... com vizinhos famosos e tudo...

— Mas você é a diretora de Comunidade da Being, uma startup *unicórnio* — comentou Alice, achando a anfitriã aberta demais para uma primeira conversa ao vivo, mas apreciando a atenção. — Alphaville costuma ser exatamente o tipo de lugar onde pessoas com cargos como o seu costumam viver, próximas aos escritórios das empresas.

— Acho que nenhum dos outros rapazes me conhecia tão a fundo quando me indicaram este lugar. Eu fui bolsista em Stanford, assim como Nuno. Não cresci no luxo. Ele foi o único que me disse que eu não me daria tão bem aqui... e eu ignorei. Estava empolgada com a empresa e... bem. Só... *aceitei*. Aceitei os resultados do meu trabalho, aceitei vir para cá, ficar perto dos meus amigos e sócios, fui ficando. Mas eu abriria mão de tudo isso para não ser uma empresária correndo risco de vida.

Alice experimentou aquela sensação típica de quando descobria estar no caminho certo.

— Você teve problemas como os de Jean?

— Não, os meus parecem nada comparados aos dele, na verdade — Beta suspirou. — Recebo muitos ataques online, constantes ameaças que dizem e prometem coisas horríveis, mas nada aconteceu ainda. A única coisa que eu fiz foi bloquear minhas redes pessoais e me desconectar do mundo. Só cuido das redes da empresa e dos contatos com outras empresas.

— Mas isso é péssimo, Beta. Tão ruim quanto o ataque físico que Jean recebeu. Você já tentou a polícia?

— Sim, mas até agora só conseguimos derrubar uns *trolls* e rastrear uns fóruns de internet. São aqueles *channers*, sabe? Pessoazinhas odiosas. Parece que eles me odeiam não só porque sou uma mulher e estrangeira, mas ainda mais porque sou tudo isso em um cargo de liderança.

Alice concordou com a cabeça, pensando em como essas comunidades, que se mantinham pela pouca ou nenhuma moderação, geralmente tinham um grande problema com minorias, de qualquer tipo. Se achavam superiores, e o anonimato, garantido pelas redes, gerava um impacto bastante negativo em qualquer um que estivesse na linha de ataque. Beta realmente não tinha muito o que fazer além das medidas que tinha tomado. Ambas suspiraram desconfortáveis.

— Sempre quis contratar alguém para fazer a moderação dos fóruns, bloquear discursos de ódio realmente nocivos, coisa pesada e que acaba tendo efeitos em cabeças mais fracas. Nuno até gostava da ideia, mas tinha receio de que a moderação acabasse censurando demais... Uma moderação de qualidade é muito cara, e como manter o aplicativo gratuito era nossa prioridade, ficávamos sem saída. Sabe, às vezes parece que eles são dinamite e só precisam de uma faísca para explodir. Por isso, quando fico com raiva, sou essa faísca e respondo uma coisa ou outra. — Ela sorriu cansada e completou: — Não deveria, mas fazer o quê, né? Às vezes eu queria fugir. Morar num bairro mais simples, onde vive a mãe de Nuno, por exemplo. Dizem que parece o interior, sabe?

— Você conhece a casa da mãe dele? — Alice perguntou, acompanhando a grata mudança de assunto.

— Sim, e o próprio Nuno jamais moraria em outro lugar. Quando voltou para o Brasil, o lugar foi todo preparado para ele: é acessível, tem elevadores para a cadeira de rodas, rampas e tudo o mais. E lá ele podia contar com todo o carinho de Sônia, que sempre fez de tudo para ele. Faz um tempo que não vou lá. Na última vez, a gente se desentendeu — disse Beta. Percebendo que havia falado demais, tratou de acrescentar em seguida um comentário: — Ele está recluso, como você deve saber. É bem difícil. Ninguém o vê há tempos.

— Tirando talvez Renato, né? — concordou Alice, balançando a cabeça e deixando bem claro que sabia das questões dos dois. Confirmou suas suspeitas quando Beta pareceu disfarçar, oferecendo a Alice um copo d'água, que ela aceitou.

Enquanto a diretora se afastava para pedir a uma funcionária que servisse água para as duas, Alice tirou da pasta os documentos para a assinatura de Beta. E, mesmo depois de agradecer pela gentileza e tomar o primeiro gole, Alice não se esqueceu do ponto em que a conversa havia parado.

— Bom, e você não tentou ver Nuno, mesmo depois do que aconteceu com Renato? Tranquilizá-lo, dar um apoio?

— Cheguei a pensar em ir à casa dele depois da entrevista, mas ele estava muito agitado por telefone. Tenho certa aflição em falar com ele quando está assim. Por isso, falamos brevemente. Quando eu sugeri ir lá, dona Sônia quase não quis me receber. Ela também não gosta quando Nuno tem desses arroubos de raiva. Mas que mãe gosta, não é?

— Não quero parecer invasiva, Beta, você sabe que pode interromper essa conversa a qualquer momento, mas confesso que estou... intrigada — murmurou Alice, e Beta pareceu não digerir tão facilmente a sua reação.

— Intrigada?

— Sim. Há alguns dias, Jean me disse algo que me marcou bastante: as brigas entre Nuno e Renato eram constantes. Principalmente depois de todos os papos sobre as vendas. E que os ataques começaram logo depois. Você também consegue ver essa relação?

A pergunta pairou no ar por alguns instantes, um silêncio espesso impedindo a sentença de sumir mesmo após a interrogação. Beta remexeu-se no lugar.

— Um dia antes de morrer, Renato me ligou, estava nervoso e pediu para que eu fosse conversar com Nuno. Que tinha algo de muito errado com ele. Acho que eles brigaram de novo. Eu disse que iria até lá, mas... Renato morreu, precisei cuidar de algumas questões burocráticas, uma coisa puxou a outra e, quando dei por mim, semanas já tinham se passado...

— Você acha que a briga foi um dos motivos do suicídio de Renato? — Notando o silêncio da mulher, Alice resolveu suavizar o tom: — Beta... Se isso estiver conectado, por favor, não guarde essa informação para você...

— Não, você não entende — Beta interrompeu, um pouco emotiva. — Sim, éramos todos amigos e Renato era o melhor amigo de Nuno, mas Nuno e eu compartilhávamos... compartilhamos algo forte demais. Éramos os dois únicos bolsistas da turma, os únicos que não vinham de berço de ouro. Mesmo com o jeito meio estranho de Nuno, nossa união fez com que criássemos pontos essenciais na Being Human.

— Entendo...

— Construímos um elo. Ele sempre me disse que eu o... *enxergo* de verdade, que sou como uma extensão dele. Que eu sei quem ele é, que sempre entendi o que se passava na cabeça dele, mesmo que o corpo já não fosse mais o mesmo.

Beta fez uma pausa, perdida em pensamentos. Alice aproveitou a lacuna e perguntou:

— E como ele estava nos últimos tempos?

— Não sei ao certo. Como comentei, a última vez que fui até a casa dele, Sônia quase não quis me receber. Falamos rapidamente, ambos estavam sem paciência, disseram algumas coisas horríveis para mim. Ele piorou e... — Alice notou uma certa emoção no tom de voz da mulher, mas preferiu não interrompê-la — quando falei com Sônia, entendi que ele estava abalado mesmo e que andava muito isolado. Tinha ficado mais agitado e explodia com frequência, acho que por consequência dessa solidão...

Um celular apitou e Beta se interrompeu. De repente, pegou a caneta e passou por todas as folhas do contrato que

Alice tinha deixado sobre a mesa de centro, rubricando e assinando. Com um suspiro de quem terminava uma maratona, levantou-se logo em seguida.

— Acho que você deveria ir até lá, Alice. Até Nuno. Jean me contou que você salvou a vida dele no atentado, e disse também que você é como um usuário modelo da VoxSee. Acho que esse encontro fará bem para os dois... Nuno precisa se lembrar dos motivos certos que o levaram a revolucionar a tecnologia, e acredito que você pode fazer isso por ele melhor do que eu.

Enquanto tentava conectar todos os pontos, ponderando o que havia acabado de escutar, Alice recolhia os documentos. Por fim, sorriu com pesar. Inesperadamente, Beta a abraçou, o que a fez pensar que mexicanos e brasileiros tinham muito em comum.

Agradecendo mentalmente ao seu lado Oliveira, ela retribuiu o abraço e sentiu o rosto de Beta úmido. Perder um amigo não devia ser fácil.

***

— Fala, chefe.
— Eu te liguei um monte de vezes! Você tá bem?
— Tô. Acabei de sair da casa de Beta.
— Quê?! O que eu disse sobre você dar uma de investigadora?
— Não lembro, mas vim aqui no papel para o qual você me paga. Ela me chamou pra assinar a papelada, eu vim.
— Eu não falei pra você descansar?
— Leal, eu fiquei em casa a semana passada toda. De quantos dias de folga você acha que eu preciso pra me recuperar de um atentado a bomba?

— Aliás, foi por conta *disso* que te liguei: pegaram o sujeito.

— O Wellington?

— O Wellington... que era um nome falso, de documentos falsos. Mancava de uma perna, um metro e oitenta e pouco... Você estava certa.

— Claro que eu estava. Onde pegaram ele?

— Lá pros lados de Santo André, dentro do carro em que você o viu entrar. Quando percebeu que estava sendo perseguido, fez o motorista de refém... Mas tudo terminou bem depois de uns bons minutos de perseguição.

— Agora é esperar pra ver se ele dá com a língua nos dentes.

— Ele já deu. Soltou tudo.

— Quê?

— Ah, esse é um dos momentos mais belos da minha vida... Alice Beresford Oliveira pega de surpresa, confusa porque não contava com algo.

— Leal, depois você zoa com a minha cara... O que ele disse?

— Que ele não teve motivações pessoais para o ataque. Foi contratado em um fórum da *deep web* pra matar os sócios da Being Human. Tudo pago em criptomoeda.

— Então ele não era um assassino qualquer, mas um homem pago por potenciais terroristas *incel*. Faz sentido.

— Como assim, "faz sentido"? Mas escuta essa...

— Já sei! Vai me dizer que ele confessou que o Renato, sei lá, caiu da varanda brigando com ele, e que não foi suicídio. Que o tal do Wellington limpou os próprios rastros e vazou do lugar. Não é isso?

— E aí está a velha Alice de volta — resmungou Leal baixinho.

— Mas e sobre quem contratou o matador? Informações?

— Só sabemos, por enquanto, que foram *channers*. Eles tinham um porta-voz peculiar, e a movimentação foi uma piada levada a sério por causa da entrevista de Renato falando em vender a Being Human. E pasme: eles fizeram um *crowdfunding* pra pagar o assassino.

— É como dizem: a união faz a forca.

— Sim. E uma coisa intrigante é que eles pediram que Wellington usasse uma carga de *dinamite* em todos os atentados. Ele disse que não entendia bem, mas que usar esse explosivo em específico seria um recado para os sócios e para o próprio Nuno, que parece que costumava fazer uma piadinha sobre dinamite e sei lá mais o quê...

Alice ficou em silêncio sentindo um gosto amargo na boca. Leal continuou:

— Mas já viu, né, o atentado contra Renato não saiu conforme o planejado, e ele despencou para a morte antes da explosão...

— Que coisa! E, vem cá, por que você disse que o porta-voz era peculiar?

— Porque... Bem, aqui vem a parte mais bizarra. Mas adianto que tem um ar de fofoca.

— Manda.

— Wellington disse que a pessoa que efetivamente falou com ele, por áudio, e pagou pelas tentativas de assassinato de Renato, Jean e Beta... se identificou como Nuno. Com eles fora da jogada, Nuno poderia garantir que ninguém quebraria o acordo de autonomia da Being.

— Conveniente, não? Seria uma reviravolta se não estivéssemos lidando justamente com um aplicativo que emula a voz de alguém com perfeição.

— Pois é, pensei nisso. De qualquer forma, a polícia certamente vai interrogar Nuno. Quando você chegar aqui a gente conversa melhor.

— Tá, mas eu vou demorar um pouco.

— Trânsito?

— Não, estou indo falar com o Nuno antes da polícia. Tem algo aí que ninguém está percebendo. A gente já se fala.

— Aliceeeee! O que eu te disse sobre bancar a detetive?!

— Você me disse muitas coisas, Leal. É difícil lembrar de tudo. Mas você também me disse para relaxar depois que meu turno acabasse, e o que eu faço como hobby nesses momentos não interessa à Ton.

— Puta que pariu, Alice... Juro que quando você voltar eu...

— Câmbio e desligo.

Alice respirou fundo. Ignorando a nova chamada de Leal, perguntou ao motorista, um dos seguranças de Beta, quanto tempo faltava para a chegada ao destino. Ao ouvir que demorariam ainda cerca de vinte minutos, Alice prontamente deu play no vídeo que já estava salvo nos favoritos de sua galeria: *Nuno Castro Jr. — discurso de formatura*.

***

Os sons eram diferentes por ali, e definitivamente não havia a menor fragrância de grama recém-cortada. Cada vez que um carro se aproximava, as crianças que jogavam bola na rua recolhiam-se para depois voltarem ao asfalto, recomeçando os gritos e as risadas.

Sentada em um banco, antes de tomar coragem para ver seu ídolo, Alice pesquisava na internet menções ao VoxSee em busca de possíveis links que a levariam ao centro da explosão. Ela sentia que tinha quase todas as peças, mas ainda não conseguia visualizar o quebra-cabeça montado.

Quando se deu por satisfeita, desenrolou a bengala e passou a andar. As calçadas eram de concreto irregular, e a bengala de Alice resvalou em muitas falhas no caminho até a frente do sobrado. Ela tocou a campainha e não obteve resposta, mas teve a sensação inexplicável de estar sendo observada além do portão de ferro, como se por uma fresta da cortina.

Alice insistiu pacientemente, assim como persistiu a sensação de estar sendo observada. Então, a porta distante fez o costumeiro barulho de molho de chaves.

— Pois não? — disse a voz timidamente ríspida de uma senhora. Alice acenou.

— Olá! A senhora é a dona Sônia?

— S-sim...?

— Meu nome é Alice Oliveira, prazer. Eu preciso falar com o senhor Nuno Castro Jr.

— Vá embora. A polícia já tentou, sem mandado eu não...

— Eu não sou policial, senhora. Nem sou uma fã maluca. Digo... sou fã também, mas não sou maluca. Você pode confirmar isso com Roberta e Jean. É sobre a assinatura da venda da Being Human.

A senhora hesitou, e então falou com o mesmo tom firme:

— De novo isso? Nuno não pode ser interrompido, principalmente quando está programando. Ele não vai falar com você, ainda mais sem marcar um horário. Se quiser pode deixar os documentos comigo que repasso a ele depois para que avalie.

Alice entendeu que não seria uma estranha que conseguiria entrar ali. Ela precisaria ser alguém com um propósito maior.

— Dona Sônia, eu entendo, mas...

— Mas que coisa! Respeite nossa privacidade!

— ... por favor, me escute. Eu tenho algo a dizer a ele, uma coisa que não tem a ver com a venda da empresa — Alice insistiu, segurando a grade do portão, e com isso erguendo a bengala branca. — Jamais poderei dizer que sei das dificuldades que vocês passam. Mas juro que posso entender um pouco sobre ajudar e ser ajudado, sobre se importar com o próximo, sobre empatia. O que tenho a dizer realmente pode ser de grande ajuda para a vida de Nuno.

Silêncio. Uma fungada de nariz audível, mesmo àquela distância. O que Alice disparou havia encontrado seu alvo.

Lentamente, dona Sônia atravessou o quintal e abriu o portão para que Alice entrasse.

— Tem cachorro? — ela perguntou, e Sônia negou com um murmúrio baixo. Alice tateou o caminho por apenas alguns segundos antes de Sônia tocar em seu braço gentilmente, oferecendo apoio. Aquele cuidado tinha vindo de duas das pessoas mais próximas de Nuno e dizia muito sobre suas personalidades e vidas, mesmo que fossem tão diferentes entre si.

Alice foi conduzida por uma rampa. Não passou por um único obstáculo ou degrau que fosse até estar dentro de uma sala acarpetada do sobrado que mantinha uma sonoridade aconchegante e de um abafado agradável, quase como se o ar fosse aveludado. O ambiente cheirava a chá recém-feito.

— Aceita uma xícara? Fiz de camomila.

Para o horror do lado Beresford de Alice, seu lado Oliveira aceitou o chá nada britânico antes que sua cabeça processasse a oferta. Enquanto Sônia se afastava para buscar a bebida, Alice perambulou pela sala, usando a bengala para não causar nenhum acidente, até chegar aos degraus da escada que levava até o andar superior. Como imaginava, bem ao lado dela, à direita, encontrou a plataforma do elevador para cadeira de rodas. Passou a mão pelo metal dos trilhos e por sobre os botões do mecanismo. Esfregou o indicador no polegar e sentiu a poeira se formando pelo pouco uso, mas, sabendo que poderia estar sendo observada pelo olhar atento de dona Sônia, não tentou nenhuma estupidez invasiva, como subir as escadas e procurar por Nuno aos berros. Não: ela havia conquistado uma fugaz confiança por parte da senhora, e tentaria manter os ânimos assim até que conseguisse a informação de que tanto precisava.

— Sei que está pensando em subir, mas peço, por favor, que não o faça — disse dona Sônia, voltando com passos silenciosos pelo carpete e sobressaltando Alice. Não havia o aroma do chá com ela, e ela percebeu que a mãe de Nuno havia retornado apenas para ver o que a visita estava fazendo. — Meu filho preza pela privacidade dele nesse momento. Eu sei que, como fã, você deve ter uma idealização dele, mas... são tempos difíceis.

Alice aquiesceu e tateou com a bengala o seu caminho até o centro da sala. No movimento, bateu em uma estante, bem ao lado da escadaria. O movimento foi o suficiente para fazer com que Sônia fosse até ela, alarmada, estendendo-lhe o braço para conduzi-la.

— Perdão! Quebrei algo?

— Não, não... é só... é uma estante com alguns enfeites e ornamentos de valor sentimental. Fique aqui, que vou buscar o chá e já volto.

Alice concordou e aguardou que Sônia se afastasse para apontar a câmera do celular para a estante em que havia resvalado. Tirou uma foto e entrou no VoxSee, ativando o *plug in* de reconhecimento de imagem.

— Me desculpe, eu jamais desrespeitaria a vontade de Nuno, dona Sônia — Alice explicou com a voz mais alta que o normal, para que o som chegasse à cozinha, enquanto o aplicativo fazia o seu trabalho de reconhecimento. Com o celular próximo à orelha, ouviu a descrição do objeto, enviou a fotografia para a busca reversa pela imagem e ordenou ao site de busca: *Comprar online*.

— O que disse? — Sônia perguntou, voltando à sala e trazendo em definitivo o aroma de chá para o recinto. Alice baixou o celular às pressas, tentando manter a compostura sem levantar suspeita.

— Eu disse que sinto muito pelo inconveniente e pela invasão de privacidade. Até porque sinto que Nuno foi uma das únicas pessoas que me respeitou antes que eu conquistasse o meu lugar no mercado de trabalho.

— Você... conhece meu filho? — Sônia indagou, claramente avaliando Alice. — Digo, pessoalmente?

— Bom, e isso importa, com a nossa situação nos dias de hoje? Esse entra e sai de pandemias e trabalho virtual... Mas, sim, o conheci pessoalmente. E sinto que continuo o conhecendo, cada vez mais.

Como Sônia se manteve em silêncio, apenas bebericando o chá, Alice continuou a falar:

— Nuno esteve presente em toda a minha formação, de certa maneira. O VoxSee surgiu enquanto eu batalhava para me igualar aos "videntes", como costumamos chamar as pessoas que enxergam... No colégio, tudo que eu fazia levava o dobro, não... o *triplo* do tempo que levavam os outros alunos. Eles podiam se dar ao luxo de não dar 100% de si nas aulas, sabe? Fazer outras coisas, correr atrás do prejuízo depois. Enquanto eu, para cada pesquisa que tentava fazer na internet, precisava acessar o triplo de conteúdo até chegar ao que me interessava, já que não podia descartar links só batendo os olhos. Bem, no fim das contas, isso foi até... benéfico. O excesso de informação me transformou nessa nerd formada com honrarias. Mas também me trouxe uma boa dose de ansiedade e depressão estudantil, *yay*.

— Sinto muito — murmurou Sônia, a voz falhando bastante no espaço de duas palavras tão curtas, mas que tanto significavam quando eram ditas com sinceridade. — Nuno também sofreu muito com ansiedade e depressão quando as maiores crises começaram.

— Li sobre isso na biografia dele. Foi pouco tempo depois do meu período de cursinho, durante meu primeiro ano de faculdade, que a criação de Nuno entrou em minha vida para nunca mais ir embora — Alice retomou, com alegria. — Comprei uma VoxBox, a primeira versão dela. A inteligência artificial de interpretação de texto, a maneira única como ela se conecta aos resultados dos sites de busca... Tudo isso me levou muito além do horizonte limitado que o mundo sempre colocou à minha frente. Pela primeira vez, muitas das pessoas com deficiência visual sentiram-se donas de si. A VoxSee, e eu digo "a" porque escolhi uma persona feminina para ela, sabia como descrever elementos e cores de imagens sem descrição. Isso ia muito além de qualquer *closed caption*. E a VoxSee também fala comigo como uma velha amiga, não como uma voz robótica, sem emoção, como a secretária eletrônica de uma empresa de telefonia que finge intimidade com o usuário que só quer uma segunda via de conta. Depois que a Being Human revolucionou esse mercado, tudo ficou mais... natural? Não sei até onde o termo "natural" pode se aplicar a linhas de código, mas enfim.

Sônia estava em um silêncio profundo, como se as palavras de Alice a tivessem levado para longe dali. Para um passado onde Nuno ainda não estava longe de sua tão estimada autonomia. Para o passado de uma mãe tentando ajudar aquele filho tão diferente a conquistar o mundo a que tinha direito...

— É por isso que digo que conheço seu filho muito bem — Alice arrematou, encerrando o raciocínio. — E ele me conhece! O mundo, que insiste em uma velha falácia da "lei do mais apto", nunca me viu como parte dele. Mas Nuno me enxergou. Colocou a mim e a tantos outros em pé de igualdade, depois de anos acreditando que estávamos abaixo da base de uma pirâmide. Nós estamos aqui por causa dele. Eu estou aqui, hoje, por causa dele.

— Obrigada, Alice — disse Sônia, com a voz alquebrada. — Você não imagina como são importantes suas palavras.

— Sou eu quem devo agradecê-la por me receber — ela retrucou, mas Sônia a interrompeu, segurando seu braço gentilmente.

— Oi, filho — ela disse subitamente, e Alice sentiu-se confusa por um instante, até perceber que ela se comunicava com ele através de uma VoxBox. — Esta é a Alice. Ela veio até aqui por sua causa.

Um leve estalo no ar fez uma nova voz surgir na conversa, sorrateira, sem que a aproximação de mais ninguém fosse notada. Uma voz que Alice reconheceria em qualquer lugar, a qualquer momento.

— Olá, Alice — disse Nuno, cauteloso, a voz saindo de cada caixa de som instalada na sala. — Fazia tempo que eu não ouvia uma história como a sua. Para mim, esse é o significado de manter o VoxSee gratuito e acessível para todos. Em que posso te ajudar?

Ao ouvir aquilo, o lado Oliveira se encheu de orgulho. Felizmente, o Beresford a ajudou a focar no mistério, ainda que também estivesse feliz em ser reconhecida por um ídolo.

— Preciso falar com você. Pessoalmente.

— Isso não será possível. A-acho que é melhor você ir, querida. Pode deixar a proposta comigo e analisamos — começou dona Sônia, pegando a pasta de Alice e parecendo muito incomodada, com movimentos apressados. Mas Alice a ignorou quase sem querer, continuando a dirigir-se a Nuno.

— E não há nada que eu possa fazer para mudar isso, certo?

— Receio que não — ele respondeu pesaroso.

Suspirando, Alice foi até dona Sônia, que ainda segurava a pasta. Alice não a pediu de volta. A proposta estava entregue.

— Muito obrigada pelo chá. Foi um prazer conhecer a senhora! Adeus, Nuno.

— Até mais, Alice — ele respondeu, enquanto dona Sônia permaneceu em silêncio durante todo o trajeto acompanhando a visita até a rua, onde crianças ainda jogavam bola.

A senhora apertou de leve o braço de Alice e perguntou, parecendo zelosa:

— Você não... prefere que eu chame o seu carro?

"Ela é uma boa pessoa", pensou Alice, negando com a cabeça.

— Está tudo bem. Vou andar um pouco a pé pelo bairro. Quero conhecer a vizinhança.

— Você... tem certeza? Não quer ajuda com isso?

— Olha, especialmente hoje, me sinto mais ilimitada do que nunca. Posso ir a qualquer lugar e tenho um mundo para ocupar. Fica bem, dona Sônia.

Um abraço longo e apertado antes de o portão se fechar. Alice aguardou por mais alguns instantes, organizando alguns pensamentos e arquivando outros em definitivo, antes de sair tateando a calçada irregular, mas nada assustadora.

Ativou o VoxSee com o comando de voz e começou a tirar suas novas dúvidas, uma por uma, enquanto desbravava as ruas da Vila Matilde.

***

— Alô?
— E aí?! Está na casa dele?
— Estava. Mas estou há quase uma hora andando pela vizinhança aqui. Gostei do bairro, estou até pensando em me mudar. Você sabia que com o que pago no apartamentinho em Pinheiros dá pra alugar uma *casa* de três quartos na Zona Leste?
— O que você disse pra ele?
— *Hmm*. Depende. Por que sua pergunta tem cara de acusação?
— Porque o Nuno acabou de dar uma coletiva de imprensa falando que vai vender a Being Human pra gente, contanto que mantenhamos o VoxSee gratuito. Achei que tinha um dedo seu. Ou uma mão inteira... Por que você tá muda?
— Nada, nada... Só pensando. O que você achou dele na entrevista?
— Ah. Simpático? Falante com certeza, como se estivesse em um episódio de mania, talvez? Falou sobre uma atualização para o aplicativo e para o VoxBox também.
— Atualização?

— Foi o que eu disse. Ele falou que era a última contribuição dele antes de o VoxSee passar ao controle da *Ton*. Um upgrade como nunca se viu.

Alice ouviu uma mensagem do aplicativo no celular. O VoxSee pedia autorização para atualizar através de sua rede móvel, o maior *update* em muito tempo. Alice aceitou, curiosa. A descrição da atualização não entregava nada, mas, assim que o download foi completado, o aplicativo informou o que ela já sabia.

As notas da atualização finalmente surgiram como um pop-up na tela e a VoxSee as leu para Alice. O novo algoritmo era uma versão que, até então, esteve condicionada apenas à casa de Nuno. Uma versão perfeita. Ou, como Alice decidira chamar, a versão que enganara todo mundo.

Nuno e VoxSee foram unificados. O compilado de informações presentes no aplicativo entregava, como domínio público, todos os códigos base utilizados pela IA. De maneira que o acesso àquela tecnologia fosse prático e gratuito a todos, como a VoxSee sempre foi. Alice soltou uma risadinha.

— Você tá rindo?

— Estou. Nuno conseguiu o que mais queria.

— Desistir dos sonhos e vender a empresa?

— Não. Abriu um caminho inesperado com uma dinamite.

— Não estou entendendo. Você conseguiu que ele assinasse, não?

— Eu tentei. A mãe dele ficou com a papelada. Sabe o que isso significa?

— Que ele ainda é um filhinho de mamãe?

— Tosco. Na real, dona Sônia está completamente desanimada da vida.

— A doença de Nuno piorou? A voz dele parecia ótima na coletiva. Foi só áudio, ele disse que não quer ser visto e tal...
— Claro que ele parecia bem! A voz dele é tecnologia VoxSee.
— Não sei se estou te acompanhando...
— Dona Sônia sempre soube lidar com a condição do filho. Isso era o dia a dia dela. A tristeza dela é algo muito mais profundo.
— O quê, então?
— Te mandei uma foto, vê aí.
— Certo, abrindo. Isso é um... *vaso*?
— Pelo amor de Deus, Leal! Isso é uma urna funerária!
— Ah! Desculpa. Nunca nem cheguei perto de uma urna ou de um crematório.
— Tá. Agora imagina o susto quando tirei a foto, joguei na busca reversa e o VoxSee me descreveu a imagem.
— Eita. E quem está guardado aí dentro?
— Nuno Castro.
— O pai, que morreu enquanto ele estava lá em Stanford?
— Foi o que pensei. Digo... Na verdade, eu já sabia que não, mas assim que saí de casa comecei a pesquisar exatamente isso para ter certeza. Os restos mortais do Sr. Nunão estão há quase dez anos em um jazigo da família no Cemitério da Saudade.
— Então...
— Este é Nuno Castro. Júnior.
— Mas...
— Você acabou de ser ludibriado por uma inteligência artificial, Leal. Você e todo o planeta. Antes de morrer, Nuno Castro Júnior convenceu a mãe (e os amigos, aliás!) a manter uma mentira para o mundo, como um teste final de que a

155

versão dele do VoxSee poderia emular um ser humano com perfeição, gerando discursos e tomando decisões.

— Eu não... acredito?

— Pois acredite. Nuno realizou seu maior desejo: se tornar algo maior. A versão que antes ficava apenas na casa deles foi treinada e aprimorada ao extremo... e agora vai ganhar o mundo. Nuno pode ir a qualquer lugar.

— Como... *Uau*. E como você desconfiou de tudo isso?

— Tanto Jean quanto Roberta deixaram claro que Nuno estava extremamente isolado. E, bem, isso até pode fazer sentido para uma pessoa doente, mas não para o Nuno que eu conheci na minha formatura. Depois ainda teve a questão de que ele não se manifestou minimamente sobre a morte de Renato. Nenhum sinal depois de Jean quase morrer...

— Aliás, como fica a história de Renato? O assassino contratado?

— Olha, eu morbidamente gostaria muito de estar no meio de uma ficção científica onde a versão IA de Nuno Castro, querendo proteger os valores da Being Human gravados em seu código fonte, contrata um assassino na *deep web* para preservar a própria existência. Mas isso só foi o habitual resultado da cultura de ódio que os fóruns exalam. Eles usaram o VoxSee para o mal por mais maniqueísta que essa frase possa soar. Prepotentes como são, deram para si a responsabilidade de "defender os interesses de Nuno", como se soubessem que interesses eram esses. E resolveram que não permitiriam por nada a venda da startup. Emularam a voz digital de Nuno.

— Caramba!

— E nós vamos usar para o bem. A dicotomia da dinamite mais uma vez...

— Mas e agora? Como ficam esses crimes?

— Isso é com a polícia. Mas você bem sabe o poder que as fake news têm. Aliás, falando na polícia, isso também será algo com que Beta precisará lidar, uma vez que ela percebeu que Nuno não estava vivo e não quis avisar nenhuma autoridade. Me parece que Renato também sabia e quis sumir... Sem falar em dona Sônia...

— Eu... *argh*. Não consigo acreditar. Alice, agora chega de se envolver. Você não é...

— ...uma investigadora. Eu sei, Leal. Minha parte está feita. Do nosso lado, temos apenas uma preocupação nisso tudo: manter a invenção de Nuno viva. Vamos usar essa dinamite da maneira correta.

— Polícia. Investigação... E nós estamos no meio disso tudo, segurando uma carga explosiva.

— Pois é. E vamos usá-la para abrir novos caminhos...

— ... e, se der tempo, talvez explodir algumas coisas?

Alice riu mais uma vez. Lembrou-se do discurso, mas não do vídeo a que sempre assistia. Lembrou-se daquele dia. Da sensação de que o mundo inteiro se desenrolava à sua frente. Lembrou-se da voz de Nuno, frágil e verdadeira. E havia algo nela que uma máquina jamais conseguiria emular, nem mesmo a mais incrível já criada. Nem mesmo a VoxSee. Só então Alice percebeu que estava chorando. Estava triste por ter descoberto a verdade a respeito de sua maior inspiração, mas grata por ter feito parte daquela existência. Ela daria o melhor de si para usar a dinamite que lhe fora ofertada.

— Isso, Leal. Explodiremos algumas coisas... desde que não seja um crime.

* * *

Sentindo o dia esfriar, Alice descobriu que havia andado da Vila Matilde até o centro da Penha. Finalmente admitiu que estava cansada fisicamente, mas pronta para lidar com toda a burocracia que envolveria a sua vida com o desfecho daquela história tão... *incrível? Absurda?* Alice não sabia, mas estava pronta para lidar com ambas as situações.

Colocou o endereço da Ton-And-A-Half em seu aplicativo de viagens e aguardou o carro diante de uma grande construção que, de acordo com o mapa de ruas e o VoxSee, era a Basílica Nossa Senhora da Penha. O motorista chegou logo (*Hercule, 4.85 — motorista educado, mas carro com cheiro estranho*), e Alice foi muito bem recebida e auxiliada por ele, que havia visto o anúncio de passageiro com deficiência visual.

— Tem água atrás do banco à sua frente, tá bom, Alice?

— Obrigada, vou aceitar!

— Você não está bêbada não, né? É que eu acabei de lavar os *tapetinho* do carro...

— Só bebi chá o dia todo, Hercule. Fica tranquilo.

— *Rá*, ok! E, nossa, muito corajosa você andando sozinha assim por aí. Essas ruas da Penha estão todas meio mal iluminadas!

— Eu me viro bem.

— Que bom! Tô falando assim, mas você ficou sabendo do que aconteceu dia desses, em plena luz do dia?

— Depende?

Hercule fez um som gutural de assombro. Já repassara a história para muitos grupos de mensagens, mas era sempre melhor *ver* a reação do passageiro. Ele adorava contar histórias e ouvir histórias: fazia isso nas cervejadas de domingo à tarde... não tão bem quanto Márcio, claro. Márcio era um mestre contador de histórias absurdas. E agora teria a maior história de todas entre os amigos motoristas. Ele seria imbatível na mesa de bar.

Mas, naquele momento, era a hora de Hercule brilhar.

— Eu tenho um amigo, que trabalha aqui no mesmo aplicativo que eu, com mais de sete mil viagens. Bichinho *calejado*, sabe? E ele foi sequestrado por um passageiro dia desses, jogado num porta-malas e largado lá em Santo André! Acredita?

A humanidade era imprevisível e impossível de ler, fosse por olhos ou algoritmos. Aquele era o tom que uma máquina jamais replicaria, aquela era uma coincidência que um humano jamais acreditaria. Alice riu e pensou no mundo que Nuno havia deixado para ela. Um mundo de possibilidades infinitas e absurdas.

— Não acredito, Hercule. Conta mais!

BEL RODRIGUES

UM OLHAR DEMORADO

À minha comunidade, que esteve comigo nos últimos dez anos, principalmente nos fatídicos anos pandêmicos. Se consegui escrever, foi porque vocês acreditaram em mim. Obrigada.

ERAM 10:16 da manhã. As nuvens que deixavam o dia escuro, confrontadas de tempos em tempos pelos raios silenciosos, não pareciam querer ir embora tão cedo. As movimentações eram quase vultos ao redor do chalé próximo à recepção da pousada. Estavam todos confusos — hóspedes, funcionários e até mesmo uns poucos curiosos que tinham ouvido o burburinho e vindo da rua espiar. Não se falava de outra coisa no local, assim como não se falaria de outra coisa na cidade por um bom tempo.

Ao deixar a pequena cabana de madeira, o policial Carlos segurava uma xícara de café, a primeira coisa que ingeria em cinco horas de plantão. A noite tinha sido longa, caso de desinteligência que tinha sido amplificado para agressão e fuga motorizada. A ocorrência dessa manhã prometia ser estressante, então, sem paciência, pediu que os curiosos se afastassem: a construção ficaria lacrada até a chegada da perícia. Não era para menos: um cadáver jazia no carpete do chalé de número 3. Ali, a poucos metros, ao pé da cama de mogno.

Carlos mantinha os olhos castanhos arregalados, observando com cautela as reações que ele já vira algumas vezes em seus mais de vinte anos de profissão. As formas como as pessoas se manifestavam diante do luto eram várias. Ele as classificava entre aquelas que agiam, fosse com choro, choque, gritos, e aquelas que ficavam paralisadas. Talvez na tentativa de absorver a irracionalidade, o silêncio, a sensação de impotência. Tudo isso estava presente. O policial sempre achara o silêncio mais doloroso que os gritos, pois há ali uma tristeza não manifestada, que reverbera naqueles instantes em que só se ouvem, à distância, os sons ambientes.

Naquele caso era difícil pontuar quem sofria pelo quê, quem era próximo da vítima e quem estava só como suporte. Em outros tempos, aquele homem já se vira tentado a pregar palavras de conforto, a acalentar os parentes, mas, agora, restringia-se a um tapinha nos ombros e, se muito, um carinho nas costas de uma senhora. Naquela profissão, era preciso aprender cedo a se blindar da dor.

* * *

Onze meses de pandemia acabavam com qualquer sujeito. Os dias não pareciam ter fim, cada um parecia ser uma repetição do anterior, e depois vinha outro igual, e mais outro. A vida soava como um eterno ontem. Famílias estavam por um fio — fosse pela convivência intensa forçada pelo isolamento social, fosse pela morte de entes queridos —; amizades já fragilizadas acabaram dizimadas por não aguentarem ser postas à prova pela ausência; jovens e velhos empreendedores declaravam crise em diversos setores. As ruas, antes movimentadas e misturando fragrâncias distintas, agora eram habitadas por um silêncio esquisito e taciturno que dizia muita coisa. Um vazio gritante.

Mas, naquela manhã de sábado, Giulia acordou radiante. Levantou da cama e foi direto para baixo do chuveiro: precisava ficar pronta perto das dez e meia, já que Jonas passaria lá às onze em ponto. Ele nunca se atrasava, mesmo sendo um pouco avoado, por isso a garota se aprontaria com antecedência para evitar qualquer estresse relacionado ao horário, ainda mais considerando que iria de carona. Não queria parecer displicente ou folgada.

Ela não via seus melhores amigos fazia muito tempo, desde antes da pandemia, já que moravam em cidades distintas. Nos primeiros meses de quarentena, marcavam chamadas de vídeo para acalentar a saudade do contato físico de que tanto gostavam. As chamadas aconteciam a cada quinze dias, depois passaram a acontecer quando dava tempo, até que pararam totalmente. Os velhos amigos da época do colégio pareciam anestesiados, assim como boa parte das pessoas do mundo todo, como se tivessem se acostumado à nova rotina pandêmica. Como se o contato pudesse ser sempre adiado, até se tornar nulo, sem que nenhum tipo de dano mental pudesse decorrer disso.

Mas Giulia estava disposta a não deixar que aquela amizade acabasse. Organizou praticamente sozinha o encontro do feriado. Como não haveria a tradicional festa de Carnaval, ela tratou de procurar pousadas isoladas em regiões razoavelmente acessíveis a todos. Empenhou-se em achar um local que realmente seguisse os protocolos de segurança. Foram várias horas perdidas em buscas exaustivas na internet, mas não se arrependeu. O local que encontrou era intimista, composto de chalés isolados, com poucos quartos em cada um deles, onde poderiam ficar à vontade e longe de quaisquer outros hóspedes. Se quisessem, poderiam tomar o café da manhã completo servido no salão principal da propriedade, mas cada chalé contava com uma churrasqueira própria, além da cozinha, e eles já haviam combinado um churrasco na noite da chegada.

Giulia assumira para si a obrigação de manter o grupo unido e achava essencial que se sentissem seguros naquele momento. Além disso, não queria ter de lidar com desculpas esfarrapadas como as que seus amigos vinham dando nos últimos meses para evitar os encontros virtuais.

Após desligar o chuveiro e alcançar a toalha felpuda, pegou o celular para checar as notificações.

* * *

[09:11] **Diana V.**: Tava quase desistindo dessa viagem, juro. Maior chuva, acho que vai ser assim até o final do feriado. Mas não me mata, Giu, a gente vai sim! Afinal, pra ficar trancada dentro de casa com criança, melhor que seja na companhia dos meus amigos, né?!

[09:11] **Diana V.**: Aliás, Bia mandou avisar que tá com saudade dos tios!

[09:34] **Jonas**: Bom dia! Quanto é pra comprar de carne mesmo? Eles têm uma churrasqueira boa lá ou só aquela portátil tenebrosa da foto que a Giu mandou?

[09:34] **Jonas**: Saudade de vocês, manda beijo pra Biazinha, Di

[09:40] **maya**: bom dia. que sono. jonas, a gente vai passar só uns dias lá, pra que essa preocupação com a churrasqueira?

[09:41] **maya**: vou levar o carro na revisão e depois sigo direto pra pousada. devo chegar só à noite mesmo, e tá tudo bem, favor não tumultuar

[09:41] **maya**: aliás, mais um dos benefícios do capitalismo: a diária era metade do preço antes da pandemia. os caras simplesmente aumentaram o valor, mesmo sabendo que o povo tá isolado

[09:44] **Jonas**: Não fosse pelo capitalismo, talvez nem existisse pousada (te amo, Maya, rs)

[09:48] **Ian**: Por favor, já discutam agora sobre sistemas socioeconômicos e nos poupem desse papo chato durante o feriado. Grato.

[09:49] **maya**: o jonas é o liberal mais chato que eu conheço

[09:50] **Ian**: É porque ele é o único que você conhece. Liberal chato é pleonasmo.

[09:50] **Ian**: Depois da faculdade de direito a gente perde um pouco de humanidade e paciência. Depois da pós, então, é só ladeira abaixo.

[09:50] **Diana V.**: Gente? O que aconteceu nos céus que esse grupo tá tão falante antes do meio-dia?

[09:51] **Diana V.**: Tô me matando de rir com o Ian revoltado com o próprio curso. O cara tá no mestrado de constitucional e ainda segue odiando tudo que envolve o direito.

[09:51] **Diana V.**: Sobre nosso encontro, tudo prontinho. Vou voltar pro foco aqui, que já foi perdido umas

20 mil vezes. Nada simples fazer projetos conciliando sprints de pomodoro com jogos de zumbi e vídeos da Marvel. Amo vcs, até dps!

[09:53] **maya**: di, você tem algum canal favorito de *lo-fi* que ajude a focar? só consigo limpar a casa e estudar pra residência quando tô acompanhada dessas lives

[09:55] **Jonas**: Não sou liberal, chatos. Só que também não sou inimigo do capitalismo

[09:55] **Jonas**: Eu não faço ideia do que é isso que a Di falou, muito menos do que a Maya indicou

[09:55] **maya**: explico melhor à noite, pq agora meu tempo de descanso acabou! byeeeee

[09:57] **Ian**: Ontem já aproveitei pra comprar as bebidas. Logo tô indo pra lá e depois a gente divide certinho

[10:02] **Giulia**: Que orgulho desse grupo movimentado! Parece que vocês acordaram do coma. Jonas, já tô quase pronta!

* * *

Ian tinha chegado ao Brasil no mês anterior, pouco antes do fechamento das fronteiras entre Brasil e Portugal, para passar um tempo com a família. Voltou após receber um recado de sua mãe comentando que a doença da avó se agravara, e seria bom se eles pudessem passar um tempo juntos enquanto ela ainda o reconhecia. Viera calado, assim como estivera em Lisboa nos últimos meses durante o mestrado, e não sabia bem por que não tinha avisado aos amigos que estava por aqui assim que chegou. As distâncias — social, temporal e espacial — que a vida trouxe haviam dividido o grupo.

A intenção de Ian era passar duas semanas no Brasil e voltar a Portugal, mas então as fronteiras foram fechadas, e, de qualquer modo, várias aulas já estavam acontecendo no formato digital. Seu voo de volta foi cancelado, e ele até que não achou isso tão ruim. Ao menos, não teria mais de lidar apenas com sua própria companhia enquanto tentava estudar leis internacionais. Nada no mundo o amedrontava mais que sua mente.

Fazer um mestrado fora do país, com dinheiro contado e precisando economizar no almoço para sobrar para o jantar era, às vezes, cruel. Mas ele sabia que não estava em posição de se lamentar, justamente por aquela ser uma oportunidade em um milhão, algo que muitos conhecidos almejavam e, por enquanto, só ele tinha conseguido. Desde que chegara a Portugal, o governo havia começado cortes significativos nas verbas destinadas à pesquisa científica, que não chegaram a afetar Ian. Por isso, o jovem sempre engolia suas frustrações, ainda que sua ansiedade tentasse sufocá-lo nos momentos de solidão, que tinham ficado ainda mais evidentes no isolamento consequente da pandemia.

Distraído em uma conversa, Ian revelou no grupo de WhatsApp, meio sem querer, que estava no Brasil. Giulia, um tanto frustrada por ele não ter comentado que viria, decidiu que seria a ocasião perfeita para reunir o grupo novamente e colocar à prova a amizade de mais de quinze anos. Ian sentiu que talvez fosse bom retomar aqueles laços antigos em seu país. Apesar de certo incômodo que ele não sabia explicar, achava que simplesmente recusar o encontro, agora que todos sabiam que ele não tinha data para voltar a Portugal, alimentaria ainda mais a ideia de que ele se sentia superior. O que não era verdade, mas ele não tinha energias para desmentir. O melhor era arrancar de vez a casca daquela ferida se a situação chegasse àquele ponto.

Além disso, Ian sentia saudades de se sentir vivo, de sorrir para as pessoas, de ouvir histórias no calor do momento, e não apenas como se fosse um robô num experimento, como era nas chamadas de vídeo que costumavam fazer no início da quarentena.

Enquanto analisava os fantasmas que as gotas de chuva traziam à lembrança quando escorriam incertas pela janela do ônibus, deu-se conta de que as horas seguintes seriam completamente inesperadas e estariam fora de seu controle. Assim, foi aumentando nele a vontade de contato, alento, atenção ou qualquer coisa que lhe desse ânimo. Afinal, já fazia tempo que seus amigos não sabiam mais quando ele não estava bem.

* * *

Se Jonas confiasse em seu senso de autopreservação, não estaria a caminho de um feriado que prometia ser tão desconfortável quanto aquele. Seu mestre de tae kwon do diria que ele estava vencendo os próprios limites e que, de certa forma, isso era bom. Jonas não sabia se concordava. Não via os amigos havia tempos, e a pandemia tinha piorado tudo. De muitas formas. Podia sentir que o plano de Giulia não era dos melhores, mas, ao mesmo tempo, acreditava que precisava quebrar um pouco a rotina: a economia nacional o estava deixando louco nos últimos tempos.

Tudo bem que um dos seus problemas cotidianos estaria com eles na viagem. Maya estava ficando muito próxima.

A amizade que eles tinham era ótima para ele. Funcionava bem, em sua opinião. Pelo menos evitava que os limites ficassem bagunçados. E que alguém saísse machucado. Amizade era fácil. Qualquer outra coisa embaçava, trazia problemas demais e era sinônimo de noites maldormidas e discussões calorosas sobre o que quase foi. Sentimento não era seu forte, principalmente depois de já ter passado por algo parecido com desilusão alguns anos antes.

Diana diria que era o lado emocionalmente irresponsável dele que o impedia de se envolver mais com a amiga. Uma vez, aliás, a mãe de Beatriz deixara bem claro o que pensava dele. E, bem, talvez ela tivesse razão: se fosse responsável, ele já teria admitido os joguinhos que fazia com Maya. E talvez ele de fato só tivesse olhos para ela, mas o medo de errar era mais forte.

E a verdade não tinha como ser floreada: ele não era emocionalmente responsável. Esse era ele. Aquele que curtia a vida e fazia o que dava na telha. Nem mesmo Diana fazia ideia de que, em determinada época, Jonas a olhava com a mesma lascívia que os tantos outros.

* * *

Sob a intensa luz que irradiava na sala, a mão quente de Roberto apertou forte o braço de Diana. Queria transmitir segurança à namorada, enquanto passava por trás dela, que terminava de organizar a própria mala. O relacionamento não estava sendo fácil na pandemia, diante da convivência forçada o dia todo, mas até que vinham conseguindo passar por cima da maré de discussões que não levavam a lugar nenhum, dos rostos emburrados e das noites que mais pareciam uma espécie de purgatório em vez de momentos de relaxamento. Diana tinha uma rotina atribulada, trabalhava e cuidava da filha em tempo integral, enquanto assistia nos últimos meses ao namorado deitado no sofá gritando com carros de um jogo qualquer e esperando as horas passarem, inerte a muito do que o cercava, incapaz de compreender como tinha sido um dos quinze funcionários dos quais a empresa se desfizera após algum tempo de pandemia. Oito anos de trabalho árduo, sem nunca ter se atrasado nem faltado um dia sequer, foram recompensados com um "muito obrigado" seco, enunciado sem culpa, dito da noite para o dia. Roberto perguntava-se constantemente se não deveria ter seguido os passos do pai e trilhado a carreira militar, almejando mais estabilidade e reconhecimento. Quem sabe, se o tivesse feito, hoje estaria ajudando o país a distribuir vacinas contra o tal vírus letal — e outros menos ameaçadores, mas também preocupantes. Sendo alguém importante, respeitado.

Agora, as únicas coisas que haviam sobrado em sua rotina eram doses de uísque, o assento do sofá, o videogame, a insulina e o intenso amor que compartilhava com Diana. Nos anos anteriores à pandemia, o relacionamento exalava uma felicidade que incomodava os outros, quase como se fosse injusta com a solidão alheia. Como eles ousavam trocar olhares que iam da inocência ao erotismo? Quem autorizava uma compreensão mútua tão intensa, percebida por qualquer um que passasse alguns poucos minutos com o casal? Era irreal que aquele tipo de romance existisse — isso era o que qualquer um que não os conhecesse pensaria. E, por isso mesmo, sempre havia quem arranjasse motivos para falar mal dos dois. "Ele nem é pai da menina", "Eles não vão casar, não?", "O homem deve ser o provedor, você deveria deixar ele fazer mais" ou coisas do tipo, um julgamento típico de quem diz temer a Cristo, mas crê piamente que a intromissão na vida alheia passa batida aos olhos Dele — ou da figura divina que se preferir.

— Beto, você pode conferir pra mim a mochila da Bia? Ela falou que só falta colocar o repelente e o pijama que ela ganhou no Natal. Vou dar uma passada na minha mãe, porque ela fez os biscoitos favoritos da Bia e pediu pra vê-la, e volto pra gente ir. — Diana estava tão atordoada com os afazeres e a procura desnorteada por seu molho de chaves que nem percebeu o namorado erguendo uma sobrancelha enquanto a observava.

— Não precisa ver minha mochila, já arrumei! — gritou uma voz fina do outro quarto.

— Di, as chaves estão na sua frente. Ali no balcão marrom, do lado do meu copo — Roberto pontuou de maneira calma, fazendo a mulher levar a mão à cabeça em descrença. Ele esboçou um charmoso sorriso de canto de boca ao perceber a frustração estampada no rosto da namorada.

— Meu Deus, preciso dormir umas quarenta horas seguidas pra compensar esses últimos dias. Até que a pousada veio em boa hora — confessou, enquanto amarrava o cadarço da bota. — Fica pronto em quarenta minutos, tá?! E não esquece a insulina. Bia!! Vamos, filha, e já veste a máscara pra usar na casa da sua avó.

Enquanto Beatriz vinha correndo do quarto como um furacão, com a mochila nas costas e sem largar o gibi que estivera lendo, Diana aproveitou para pegar uma lata de energético na geladeira. Observou Roberto bater continência e deu um breve aceno antes de fechar a porta. Abriu a lata de energético assim que as duas entraram no elevador. Perdida em pensamentos, não reparou na expressão tensa da filha, que segurava o gibi firme na frente do rosto, fingindo ler para evitar alguma conversa que duraria só a viagem de elevador até a garagem. O dia seria longo.

* * *

Maya estava feliz da vida por estar em sua própria e confortável casa. Havia se mudado fazia três meses, depois de dois anos morando numa quitinete. Pela primeira vez, tinha um quarto onde cabia um espelho de corpo inteiro e um guarda-roupa de tamanho decente. O banheiro era menor do que o que ela definiria como ideal, mas, no armarinho acima da pia, cabiam todos os seus produtos de cuidados com a pele e, no box, os seus cremes de finalização para o cabelo. Estava genuinamente satisfeita por dar um passo em direção a uma nova fase, embora o mundo lá fora estivesse deveras complicado. Às vezes, sentia certa parcela de culpa por abrir um sorriso diante das conquistas pessoais enquanto, a cada dia, milhares de pessoas perdiam a batalha travada contra um vírus letal que ainda não tinha nenhum combatente direto, só aquela eterna esperança pela vacina que parecia não chegar nunca.

Para se afastar um pouco da espiral de satisfação pessoal *versus* culpa, resolveu colocar uma live de foco no computador — prática que a fazia se sentir menos solitária — e aproveitou para fazer uma última faxina antes de ir encontrar seus amigos.

No ensino médio, eles tinham sido protagonistas do lema "do terceirão para a vida", mas, seguindo a norma, tinham se afastado, mudado de país, alguns até brigado, e ela sequer saberia dizer o motivo das desavenças. Às vezes sua ansiedade a convencia de que ela era a culpada. Se tivesse se mostrado mais presente para os amigos nos momentos em que eles pediram ajuda ou se tivesse tentado manter o contato... Jonas dizia que não era culpa dela, que ela precisava se priorizar, mas ela nunca sabia se ele falava sério ou não. Com ele, era tudo muito incerto.

Ao limpar a escrivaninha que ficava na sala, vislumbrou o porta-retratos que emoldurava uma foto de seus pais e se perguntou quando conseguiria vê-los novamente. Já fazia dois meses que não os encontrava pessoalmente, e a cada dia parecia que a distância entre eles crescia mais, assim como a de seus avós. Sentia que corria contra o tempo para dar conta de tudo e, ao mesmo tempo, perdia miseravelmente. Pousou a foto e voltou a limpar. Focar no presente ajudava.

* * *

Giulia ouviu a buzina de um carro e ouviu a mãe avisar:
— Giu, o Jonas chegou!
— Tô indo. Pode deixar que já tem álcool em gel na mochila suficiente pra eu passar um ano longe — afirmou, séria, enquanto caminhava até a porta, desviando da poltrona do pai, que sempre parecia estar no meio do caminho. Ela se incomodava um pouco por ainda precisar seguir aqueles rituais de cobrança e explicações toda vez que ia passar noites fora de casa, principalmente porque era a única dos amigos que morava com os pais, mas sabia esconder bem suas insatisfações.
— Tudo bem, filha. Você sabe que pode voltar pra casa se a pousada não seguir os protocolos de prevenção, né?! — reforçou a mãe.
Enquanto ajeitava a máscara no rosto, Giulia assentiu num gesto habitual e cansado e foi em direção ao carro, onde Jonas a esperava, já demonstrando impaciência ao batucar os dedos no volante, mesmo não tendo esperado mais que dois minutos.
— Oi! Nossa, que saudade! — Ela ficou extasiada ao ver o amigo depois de tanto tempo, por isso decidiu ignorar seu gesto de impaciência.

— Oi! E essa máscara? Quer que eu ponha a minha também?

— Ai, não, eu saio de casa usando pros meus pais não ficarem neuróticos. Mas a gente vai passar o feriado todo junto, né? — Giulia foi tirando a máscara, mas se refreou. — Pera, você não tá com dor de garganta, tá? Tosse?

Jonas sorriu ao perceber o semblante de Giulia, embora não pudesse ver a expressão por completo por causa da máscara. Sabia como era importante para ela que aquele momento estivesse, de fato, acontecendo. E Jonas também sentia falta dos encontros, embora menos que ela.

— Claro que não, Giu! Senão eu nem teria vindo, né? E não encontrei ninguém na última semana, então pode ficar tranquila. Mas como você tá magrinha... Foi na direção contrária do mundo nessa quarentena? — questionou ele, dando partida no carro. Giulia mudou gradualmente o semblante, garantindo que Jonas visse seu rosto livre. A última coisa que precisava ouvir após tanto tempo longe era um comentário sobre seu corpo.

— Tô normal. Mesmo peso, acho. Não fiquei reparando muito nisso — mentiu. — Ainda mais nesses tempos.

Num movimento rápido e até um pouco nervoso, a garota conectou o celular ao cabo ligado ao som do carro e logo deu play na lista de músicas que tinha separado para a viagem. Conhecia o gosto de Jonas, que estava contemplado na seleção. Por mais que tivesse passado dias ansiando pelo reencontro, não conseguia evitar a sensação de que talvez estivesse colocando expectativa demais naquilo tudo. O silêncio nos poucos segundos que antecederam as músicas ressoou em uma altura que Giulia não esperava. Incomodada, ajeitou-se no banco e acompanhou as canções batendo os pés no ritmo de cada uma. Seria uma viagem mais longa do que o esperado.

* * *

Assim que chegaram à pousada, Giulia e Jonas se apressaram em fazer o check-in e já começar a organizar as coisas no chalé que dividiriam. Cada chalé tinha quatro quartos, e Giulia dividiria um com Maya. Assim, Jonas e Ian ocupariam um cada, e Diana e Roberto poderiam ficar com Beatriz no quarto maior, uma suíte grande. Já fazia mais de um ano que eles não viam a menina, agora com nove anos, e Giulia tinha certo receio de que uma criança não se encaixaria na programação, mas se convenceu de que Bia ainda se lembrava bem dos amigos da mãe e que aproveitaria a viagem a seu modo. É claro que por um momento chegou a cogitar sugerir que a viagem fosse "só entre amigos", o que implicava que ninguém levasse filhos nem cônjuges. O único problema era que a única pessoa que tinha os dois, no grupo, era Diana.

Não que Giulia não *gostasse* de Roberto, era só que às vezes ele trazia um clima meio esquisito para o grupo com a postura de homem provedor. E a Bia era um amor de criança, mas ainda era criança, né? Crianças têm uns papos meio sem pé nem cabeça. E Giulia queria só... bem, ela podia ser imprópria às vezes, e, como muita coisa já acontecera naquele grupo antes que se afastassem, ela só queria os bons e velhos amigos de volta.

Enquanto aguardavam os demais, decidiram vestir uma capa de chuva e fazer uma caminhada pelos arredores. Até Jonas, cuja consciência antes pesava por não estar com a mínima vontade de passar o feriado com os amigos, sentiu-se bem ali. Nem excelente nem miserável, apenas bem. E isso já era o suficiente para ele.

Os raios que iluminavam o céu eram silenciosos, e os trovões só se ouviam bem ao longe. Apesar de não ficar muito distante da cidade, o local, embora tranquilo, era inquietante, e ambos sentiram uma paz meio paradoxal: ao som agradável das folhagens e das gotas de chuva contrapunha-se a iminência de uma tempestade pesada e o barulho das mesas sendo arrumadas pelos anfitriões na sala de jantar da casa principal, ao lado da recepção.

Havia poucos hóspedes circulando por ali, talvez por causa da chuva, talvez porque a pousada estivesse vazia mesmo, mas, ocasionalmente, ouviam-se vozes de pessoas por perto, provavelmente chegando de viagem ou retornando de uma caminhada no centrinho da cidade. Embora não estivesse se importando com isso naquele momento, Giulia ficou aliviada ao ver que os funcionários usavam máscara e que havia álcool em gel disponível para os hóspedes. Também era obrigatório usar máscara para circular nas áreas internas da casa principal. Os pais dela ficariam tranquilos ao ver as fotos que sem dúvida alguém postaria nas redes sociais durante o feriado.

Maya e Ian chegaram perto das sete da noite e foram recebidos com abraços calorosos na recepção. Jonas logo puxou conversa sobre os prejuízos da hotelaria durante a pandemia, e Maya, ao notar o rumo do papo, tratou de segurar no braço do amigo e arrastá-lo para longe, pontuando como as palmeiras da área perto da piscina eram lindas.

— São o porto seguro das nossas araras — comentou a gerente da pousada.

* * *

Assim que Diana, Bia e Beto chegaram, poucos minutos depois, foram conduzidos pelos amigos até o maior quarto do chalé, a suíte. Giulia estava ansiosa para colocar o papo em dia e logo propôs que fossem todos para a varanda, que era ocupada por um sofá, cadeiras de praia e mesinhas rústicas, cuja madeira combinava com o piso do local. A ideia agradou, mas Diana pediu alguns minutos para se aprontar.

— Estou só o pó...

— Di, você tá linda! — Maya enganchou o braço no da amiga ao exaltá-la. — O Beto sempre teve sorte, mas acho que agora tem um pouquinho mais que antes.

Diana discordava. Tudo que via quando se olhava no espelho era o abatimento oriundo de sustentar a casa, da depressão do namorado e da preocupação com a quietude da filha. Bia era fã de histórias em quadrinhos e super-heróis. Mas a mãe sabia que a menina sentia falta de ir ao cinema, de ir à casa das amigas e de fazer qualquer outra coisa que não fosse ficar horas e horas em aplicativos de vídeos curtos e sem muita pretensão. De certa forma, Diana se culpava. Mas isso deveria ficar de lado naquele momento, projetado para celebrar e esquecer os problemas ao menos por alguns dias.

— Será um banho rápido — disse, quase implorando.

Meia hora depois, unia-se aos demais arrancando novos elogios do grupo. A churrasqueira já havia sido colocada à disposição deles, e Giulia comentou que era mais bonita que a das fotos do site de reservas — comentário que arrancou risadas de Jonas.

O elogio de Maya a Diana havia sido profundamente sincero, e todos viam que era verdadeiro. Diana era dona de uma beleza invejável: seus olhos amendoados e cor de abacate combinavam com sua elegância e calma, e seu brilho chamava atenção aonde quer que ela fosse. Em sua primeira conversa com Beto, ele havia dito que ela não se misturava à energia do ambiente, mas criava outra vibração, influenciando todos com sua presença, atraindo olhares como uma obra de arte cada vez mais indecifrável. Ela, apesar de sem graça com o elogio do então novo amigo, nunca se esqueceu do cortejo. Sentia falta de quando eles viviam daquele jeito, imersos em si mesmos não pelas limitações causadas pela pandemia, e sim pela vontade de estarem juntos o tempo todo.

— Mãe, tô com calor. — As palavras de Bia interromperam seus devaneios. —Preciso mesmo ficar de agasalho? É fevereiro, poxa.

— Além do tempo chuvoso, tem sereno, Beatriz — Diana alertou.

— Deixa ela ficar de manga curta, amor. Tá meio abafado mesmo, apesar da chuva que caiu antes — contradisse Roberto. Ele não deixou de perceber Bia já subindo o casaco antes mesmo que concluísse a fala.

— Melhor não — disse Diana, sem conseguir esconder o descontentamento. — Ela ficou resfriada mês passado e as noites maldormidas sobraram pra mim. Não quero passar por isso de novo. Preciso dormir. — A assertividade da mulher causou um leve desconforto nos demais, que se sentiram no princípio de um fogo cruzado. Não era habitual de Diana trazer discussões para o meio do grupo, muito menos envolvendo seu namorado ou qualquer coisa relacionada ao íntimo dos dois. Roberto limitou-se a dar um suspiro e usou a deixa para checar a carne que estava sendo assada na tal churrasqueira portátil.

— E aí, Bia, você já tentou criar um prédio no Minecraft? Porque eu tô tentando e acho meio complicado, sempre acabo destruindo ou fazendo um cubo. Eita joguinho pra tirar nossa paciência, né?! — Jonas findou o silêncio que pareceu eterno enquanto durou.

— Ih, tio, tô tentando criar *mobs*, isso sim. Prédio é coisa de *noob* — respondeu ela, sem nem pensar, arrancando risadas de todos.

— Não é fácil envelhecer, hein, Jonas?! — disse Ian, dando dois tapinhas nas costas do amigo.

Giulia, por sua vez, abriu o cooler para entregar outra cerveja a Jonas.

— Pela sua expressão, acho que você está precisando de uma — brincou ela. Jonas sorriu ao alcançar a garrafa e jogou-se na cadeira de praia, relaxando as costas.

Conforme a noite avançava, a escuridão foi tomando conta do entorno, já que a luz fraca da varanda deixava tudo na penumbra — exceto pelos relâmpagos que anunciavam uma chuva iminente.

* * *

— É tão estranho ver gente de novo. Tive esse sentimento assim que a gente se reencontrou. Ainda bem que o nosso chalé, mesmo pertinho da recepção, é bem isolado. Eu não me sinto muito segura fora de casa. — Giulia esfregava as mãos nos braços, uma maneira de espantar um pouco o arrepio que sentia constantemente desde que as três amigas haviam se levantado para caminhar juntas até a casa principal para pedir travesseiros extras. E é claro que tinham entrado juntas no banheiro: um hábito que conservavam dos tempos de ensino médio.

— Ah, Giu, relaxa. Essa fase da pandemia já passou, e a gente tá entre amigos aqui. Qualquer coisa você fica de quarentena lá em casa. Acho que a Bia tá precisando de companhia. Anda falando umas coisas meio fora de contexto ultimamente, acho que tá vendo umas coisas na internet que não são pra idade dela, e não dou conta de controlar o tempo todo.

    Mesmo nove anos depois, Diana ainda achava difícil compreender que ela era inteiramente responsável pela vida, pelas experiências e por grande parte dos anseios de outro ser humano. Ter sido mãe tão jovem foi um tormento que a ensinou sobre muita coisa, especialmente sobre as tempestades que precisara enfrentar ao carregar o papel de responsável durante os primeiros anos de vida da garota. Sabia o que era se sentir esgotada a ponto de não aguentar mais uma mísera fagulha de desencanto com a vida. E aí acabar aguentando mais dez, vinte, cem. Não aguentava mais, até ter de aguentar novamente no dia seguinte. Foi assim durante anos, e era por esse motivo que a situação atual não a deixava desesperada: já acumulara frustrações aos montes para deixar-se levar rapidamente pela correnteza de uma pandemia. As coisas iriam melhorar, o desalento não duraria para sempre.

    — Tem certeza que você não tá com nem um pouquinho de calor, amiga? — Maya direcionou a pergunta a Diana, observando-a lavar as mãos.

    — Absoluta. Vocês que são doidas de não estarem vestindo nada mais quentinho. Eu percebi que a Giu ficou tentando se esquentar quando chegamos no banheiro — revelou Diana.

    — Foi só um arrepio por conta da mudança de ambiente. Acho que meu corpo já estava acostumado com o calorzinho lá de fora — Giulia explicou. — E já tô ficando com calor aqui também. Vão indo vocês pro chalé, vou dar mais uma volta pela piscina, tá? — pediu, pegando a bolsa e empurrando a porta de madeira que isolava o banheiro feminino do grande salão onde ficava a recepção.

* * *

Quando Giulia retornou ao convívio do grupo, meia hora depois, o encontro tão aguardado, por algum motivo que ela a princípio não entendeu, tinha azedado. Parecia que eles não se conheciam tão bem quanto antes. A bebida havia afetado o discernimento de alguns, e vozes altas e uma discussão sem pé nem cabeça tinha começado. Diana falava tão pouco quanto bebia: enjoou com o cheiro da fumaça do cigarro de Jonas — mesmo que o amigo tentasse soprá-la para longe, a leve brisa a levava bem para o meio do círculo.

— Jonas, você não tá vendo que o vento tá trazendo a fumaça pra nossa cara? Tá incomodando as meninas. — Ian tentou ser brando ao questionar o amigo. Ele havia notado como Diana estava encolhida e Maya constantemente abanava o ar a fim de redirecionar a fumaça. — Sem contar que a Bia não precisa ser fumante passiva desde já.

Nem presenciar esse tipo de discussão, Diana acrescentou para si mesma em pensamento.

Jonas revirou os olhos após encarar Ian.

— Elas têm boca, Ian — respondeu.

— Grande parte da nossa comunicação é não verbal.

— Caralho, mano, deixa de ser chato. Você não consegue mesmo ficar um dia sem jogar na cara dos outros como você é o superintelectual? — Jonas elevou o tom de voz. Roberto, que ajeitava a carne na grelha, balançou a cabeça em negação ao perceber o rumo da discussão.

— Antes chato do que um otário que não muda nunca. Basta pedir pra você olhar ao redor que o seu showzinho começa. Patético, como sempre. — Ian não ouviria calado, como costumava fazer no passado. Aquele tempo distante havia mexido com ele. Sua resposta fez as mulheres se entreolharem, tensas com a situação.

— Quem deu showzinho por ter sido chutado na adolescência não fui eu. — Já irritado, Jonas tocou no único assunto que ele sabia ser sensível a Ian. O desconforto, dessa vez, foi geral. Diana fez um som estrangulado. E Ian encarou Jonas durante longos segundos, desacreditado que o amigo tivesse ido tão longe para atingi-lo, usando um acontecimento de muitos anos antes, algo devastador para Ian, que o levara a desabafar com Jonas. Foi a primeira vez que se abriu com tanta sinceridade para alguém.

— Ei, ei, já deu, né?! — Maya se aprumou, pegou mais uma cerveja e foi para o lado de Jonas, puxando-o de leve pela barra da blusa. — Vamos buscar mais um pouco de carne lá na geladeira. Ninguém merece vocês dois não sabendo beber por três horas sem se bicarem.

— Ainda mais quando resolvem ressuscitar situações do passado que envolvem outras pessoas. — Beto tinha ficado impaciente.

— Era só o que me faltava — Ian proferiu baixinho, reticente.

— Tô falando alguma mentira? Você até hoje não conseguiu superar. Vai viver, cara — Roberto foi direto.

— Quem se incomodou com acontecimentos que existiam antes mesmo de você surgir nesse grupo foi você, Beto. É difícil ficar na sua, né?! — Jonas estava subindo o tom novamente, mas notou o olhar suplicante de Diana.

— Vai se foder, Jonas. Você não passa de um imbecil que só sabe falar de números que não existem e se meter onde não é chamado. E você também, Ian, acha que pode ser escroto com todo mundo e culpar sua depressão. Vai fazer isso pra sempre ou prefere crescer? — Roberto sabia que tinha pesado nas palavras, mas não voltou atrás.

Giulia arregalou os olhos e viu Maya fazer o mesmo. Bia, que fingia estar distraída com o gibi, levantou o olhar e o direcionou à mãe.

— Beto, chega — Diana falou entredentes, sem esconder o tom de desprezo.

— Você não faz a mínima ideia do que está falando — Ian disse com a voz estranhamente sem emoção.

— É, mano, cala a boca — interveio Jonas, já arrependido pelo rumo que a discussão havia tomado e preocupado com o amigo. — Não fica falando do que você não sabe. E acho bom que não desconte sua frustração nos outros.

— O que você quer dizer com isso, porra? Fala direito comigo — exigiu Roberto, apertando os olhos ao encarar Jonas.

— Vai pro inferno.

Jonas pegou o celular, que estava em cima da mesa, e se deixou ser arrastado por Maya, que naquele momento já o puxava pelo braço para os fundos do chalé. Ian também se afastou dali, com as mãos no bolso, encaminhando-se para as árvores.

Diana, por sua vez, voltou a atenção ao namorado.

— Precisava de tudo isso? — questionou, receosa da resposta que poderia vir.

— Se você tá incomodada, vai lá falar com eles. Depois a gente conversa. Não tô a fim de ouvir a advogada de um babaca. — Beto esfregou o pedaço de carne na farofa do prato que estava em cima da mesa e comeu.

Essa advogada de um babaca é quem coloca comida na sua mesa, Roberto, Diana pensou, mas não disse em voz alta. Em vez disso, chamou Beatriz e a alertou que já era hora de as duas subirem para o quarto. O fato de Jonas ter se referido à época em que ela e Ian vivenciaram uma breve paixão foi algo baixo, que ela não esperava do amigo. Beatriz, que fingia não ouvir a discussão, mas na verdade não conseguia ler nada do gibi desde que a gritaria começara, ficou aliviada em poder sair do convívio dos adultos e ir ler na cama.

— Além de ouvir abobrinha desse cara, ainda tenho que ver minha mulher se preocupar. Na boa, não é possível que vocês discordem, é um fato: o Ian não sabe conviver socialmente e acha que estudar feito um louco o coloca num patamar acima de nós, meros mortais. — Roberto voltou a se recostar na cadeira. — Está tão preocupado com o próprio rabo que não percebe a sorte que tem por estudar fora.

— Todos nós temos defeitos, Beto. Faz parte da convivência interpessoal aprendermos a lidar com eles. Você e o Jonas podiam ter segurado um pouco a barra. — Giulia resolveu se posicionar antes de perder a coragem.

* * *

Jonas e Maya voltaram depois de um tempo, com as feições mais tranquilas e sem a carne que tinham ido buscar. Ian não voltou. Perto das duas da manhã, Giulia anunciou que estava na hora de descansar um pouco a cabeça e prometeu que o dia seguinte seria mais divertido. Pouco depois, Beto, que estava controlando a bebedeira por causa da insulina, mas já havia entornado três garrafas de cerveja, resolveu desculpar-se com Jonas e desabafar sobre a amargura pelo recente desemprego. Notando que o rapaz e Maya pareciam perdidos um no outro, pouco se atentando ao mundo ao redor, levantou-se de fininho, olhou para os dois com ternura e subiu para o quarto. Quando, enfim, Jonas e Maya decidiram entrar no chalé, os pássaros já davam o ar da graça, embora o sol ainda não tivesse raiado — estava um breu.

Ninguém imaginava que aquela noite seria o último momento do grupo reunido.

* * *

— Por favor, por favor, me diz que estou no meio de um pesadelo. Por favor. — Diana parecia mais confusa do que qualquer outra coisa ao falar com Giulia. Beatriz, ao ver a mãe desamparada, sentia-se ainda menor do que já era.

— Senhora, peço encarecidamente que saia do local até a chegada da perícia. Sinto pela sua perda, mas precisamos fazer nosso trabalho para que tudo seja resolvido de maneira clara e simples — disse rispidamente o policial com sua xícara de café.

— Que sensibilidade, hein?! — ironizou Maya ao secar as próprias lágrimas com o dorso da mão. O homem limitou-se a olhá-la em silêncio e voltou a atenção ao celular.

— Di, vem comigo. Vamos andar até a recepção pra pegar uma água. — Ian passou um braço pelos ombros da amiga e a conduziu. Depois que foi afastada do corpo, ficou inerte, meio perdida, acreditando seriamente que aquele momento não estava de fato acontecendo. Estava em completo choque.

Enquanto Maya e Ian amparavam Diana, Giulia levou Bia até o pátio da pousada, onde havia as famosas palmeiras das araras. Jonas preferiu ficar pelo chalé aguardando a perícia.

Era difícil digerir aquilo. Todos se questionavam sobre o que poderia ter acontecido. Roberto, morto de morte morrida no auge dos trinta e um anos? Impossível. Não era dos mais saudáveis, sabiam que ele dependia de insulina, mas nunca poderia ter sido *só* isso. Será que tinha passado mal por conta da bebida, tido alguma reação alérgica, uma parada cardíaca? Sua diabetes teria piorado estratosfericamente do dia para a noite? O que diabos tinha acontecido? E por que a polícia não informava nada? Onde estava a perícia? Os amigos e a família precisavam se conformar diante daquela espera e ponto-final? Tudo parecia embaçado.

* * *

Após a chegada da equipe de perícia, o policial orientou os hóspedes a não sair do local até segunda ordem. O grupo de amigos já havia feito ligações para avisar a família e os amigos mais próximos de Beto e agora se dividia entre cuidar de Diana e da pequena Beatriz, que também estava em choque, assustada e confusa. Entendia, é claro, o que acabara de acontecer, mas sua mente estava tomada pelo choro contínuo da mãe ao ouvir a confirmação, do socorrista, de que o namorado estava morto.

As duas estavam na cama já fazia algum tempo quando ele entrara no quarto de madrugada e se deitara, bêbado, na cama de solteiro. Na verdade, Beatriz é que deveria estar na cama de solteiro, mas acabara ficando com a mãe na de casal, que era bem mais confortável. Quando Diana se levantou, tentou acordar Beto para que tomassem juntos o café da manhã, numa tentativa de reconciliação, mas ele não respondeu aos seus chamados. Chegou a chacoalhá-lo, mas, como ele não se mexia, logo ligou para uma ambulância. Não havia nada mais que pudesse ser feito.

Agora, a garota descansava no colo de Giulia enquanto Jonas, Maya e Ian estavam sentados no sofá com Diana. Já um pouco mais calma, a mulher alternava entre um choro doído, agudo e contínuo, e um completo silêncio, quando seu olhar se perdia em um ponto qualquer da porta de entrada. Ao avistar o policial e um perito caminhando na direção deles, Giulia levantou-se imediatamente e levou Beatriz até seu quarto para evitar que a menina ouvisse demais.

— Bom dia, pessoal. Primeiro, sinto muito pela perda de vocês, ainda mais por ter ocorrido de maneira tão brusca — começou o policial Carlos. — Infelizmente, ainda não podemos confirmar a causa da morte. Peço que tenham paciência e aguardem o laudo do perito, que deve ficar pronto em quinze dias. A investigação já está em andamento, mas vocês serão convocados formalmente para prestar seus depoimentos na DP da cidade.

— Mas vocês não têm sequer uma suspeita do que pode ter acontecido? — perguntou Ian, adiantando-se. — Sou Ian, o representante legal da parceira do senhor Roberto. Vocês estão aqui há horas remexendo tudo, fazendo dezenas de perguntas para deus e o mundo e, o mais agravante, para alguém que está obviamente fragilizada... A senhora Diana não deveria passar por esse tipo de tratamento nessas condições, mas me parece que vocês estão agindo como se ela fosse suspeita. Se têm alguma desconfiança ou informação oficial, é importante que já deixem claro para que nós possamos avaliar o melhor plano de ação e defesa. De acordo com o artigo...

— Superdosagem de insulina — interrompeu Carlos, já arrependido. Estava exausto, e tudo o que não precisava naquele momento era de um advogado palestrinha. — É claro que esperaremos o laudo final, mas nossa suspeita no momento é que a causa da morte tenha sido uma superdosagem acidental de insulina. A vítima estava bêbada, segundo os relatos, e os frascos encontrados no chão perto dela parecem indicar isso. Por isso eu disse para aguardarem, é extremamente difícil analisar casos assim, pois a insulina é rapidamente metabolizada no organismo; por isso é importante esperarmos o laudo, que deve ficar pronto em quinze dias.

— Senhor, como é o seu nome? — Diana perguntou, fazendo esforço para as palavras saírem.

— Carlos, senhora.

— Carlos, o Beto era o meu namorado. O meu amor. Ele jamais erraria a própria dose de insulina. Ele usou esse medicamento praticamente a vida inteira. Não quero que pense que estou questionando seu trabalho, mas me escute, por favor, quando falo que deve ter acontecido alguma outra coisa. E eu não faço ideia de como ajudar a descobrir — Diana desembuchou tudo tão rápido quanto as lágrimas que vieram após terminar o desabafo. Ian a amparou, puxando-a para um abraço.

— É Diana, certo? — perguntou o perito, continuando depois que ela assentiu. — Diana, agradeço sua contribuição. E reitero meus profundos sentimentos pela sua perda. Sei que é um momento tremendamente sensível, mas peço que considerem também a probabilidade de a superdosagem ter sido planejada por ele. — Ian arregalou os olhos e abraçou Diana com mais força, enquanto Maya levava a mão à boca. Era claro que essa seria a solução mais fácil: atribuir à depressão de Beto um suicídio planejado para acontecer ali, perto dos amigos, para que Diana estivesse amparada, e assim evitar qualquer investigação do caso.

— Peço também que vocês não façam viagens longas nas próximas duas semanas, pois entraremos em contato. Obrigado novamente. Sinto muito, pessoal — concluiu o policial, despedindo-se.

Maya, nervosa, entregou a garrafa d'água para Ian e se afastou para tomar um pouco de ar. Viu Jonas, que estava em silêncio havia pelo menos quarenta minutos, olhar com piedade e mais alguma coisa para Diana, vendo a mulher secar, sem sucesso, as lágrimas que ainda caíam. Subitamente, lembrou-se da madrugada e dos ataques que Ian, Jonas e Beto tinham trocado na frente de todos os presentes. Quando direcionou o olhar ao amigo, notou que Ian estava focado em oferecer alento a Diana. Maya gelou. E se não tivesse sido um acidente? Não vira Ian desde que ele se retirara chateado na noite anterior. E quando ela subira para o quarto que dividia com Giulia, depois de se despedir de Jonas, a amiga não estava lá. No meio da madrugada? Onde ela poderia estar? Maya, tão cansada, não achou que isso importasse no meio da noite. Ela poderia muito bem estar com Ian em algum canto do chalé. Mas... a que horas será que Beto morrera?

Não. Como ela poderia sequer cogitar desconfiar dos amigos? Mas... pensando bem, ela tampouco vira Diana depois que a amiga tinha subido para o quarto. Pensando bem *mesmo*, ela não via quase nenhuma daquelas pessoas havia mais de um ano. Só Jonas. Como poderia afirmar que ainda os conhecia? Ela colocaria a mão no fogo por qualquer um deles? Qualquer pessoa poderia ter aplicado uma dose extra de insulina em um Roberto capotado de sono e cerveja, não? Até mesmo Jonas, que estava com ela o tempo todo, mas cultivava uma grande raiva da vítima, como Maya bem sabia.

Ela nunca fora boa em lidar com situações de emergência, e de repente percebeu que sequer ouvia a voz dos amigos. Era sua ansiedade tomando conta do corpo inteiro. A polícia tinha tirado impressões digitais do local? Tudo estava um pouco embaçado na mente dela. Onde estavam Ian e Giulia agora? Giulia estava com a menina. A menina. Será que a menina estaria em perigo? Qual a chance de confiar em alguém agora que um assassino poderia estar ali, entre seus amigos de infância?

A voz que a despertou do devaneio e a fez inspirar fundo foi a de Diana:

— Não foi isso, gente. O Beto podia ser displicente com muita coisa, mas não com a insulina. Não pode ter sido isso — Diana falava mais para si do que para os outros, tentando acreditar que o namorado jamais tiraria a própria vida. — Embora andasse tendo problemas, como todo mundo, ele não chegaria a esse ponto.

— Di, vamos pra casa. Sei que temos muita coisa pra resolver, mas você precisa descansar também — propôs Ian. Jonas e Maya assentiram, embora todos estivessem arredios em relação a qualquer atitude. Giulia trouxe de volta Beatriz, que imediatamente foi para o colo de Diana e a abraçou.

— Tá. — Sem forças para contestar, Diana apenas confiou que os amigos sabiam do que ela precisava.

— Podemos ficar todos na sua casa com você, pelo menos até as coisas se acalmarem um pouco. O que você acha? — Ian afastou-se um pouco do abraço e encarou a amiga.

Maya inspirou fundo outra vez. Todos juntos, de novo? Ela não tinha certeza se gostaria de ir. Trocou um olhar com Jonas, que pareceu entender seu incômodo e lhe ofereceu a mão, tentando lhe transmitir alguma segurança.

— Tá — repetiu Diana, sem nem entender direito com o que estava concordando. Levantou-se com a ajuda de Ian e foi direto para o carro. Os amigos já haviam guardado todas as malas, inclusive a dela, a de Bia e a de Beto.

Diana não tinha a mínima ideia de como seguiria a vida dali em diante. Só conseguia pensar que, mesmo diante de tudo aquilo, tinha uma preocupação bem real: ainda era mãe. Enlutada, dolorida, arruinada pelo cruel curso da vida, mas mãe acima de qualquer um desses atributos. E Beatriz ainda precisava ser sua prioridade.

* * *

Passe tempo suficiente com certas pessoas, e logo achará que as conhece por inteiro. Esta é uma das maiores loucuras do ser humano: a arrogância de acreditar que, ao observar alguns passos de outra pessoa, pode compreender a totalidade de sua existência. Somos viciados em suposições baseadas numa rotina observável: *ele prefere calçar os tênis antes de colocar a camisa; ela gosta do pão mais tostado; eles falam alto porque vieram de uma família que fala alto.* E, a partir desses fragmentos de comportamento visíveis a olho nu, de conversas mais ou menos contadas e lembradas, formamos algum tipo de definição sobre o outro. *Sim, eu conheço muito bem tal pessoa.*

Essa é uma afirmação imprudente, porque nós, humanos, somos um eterno mistério. E, a partir do momento em que concluímos saber algo, deixamos de ter curiosidade sobre aquilo. O experimento acabou, é hora de seguirmos em frente para estudar outras pessoas. Nesse caminho, não paramos para nos perguntar: *há algo mais que eu precise saber*? Nós nos acomodamos a um ritmo de conforto aparente, acreditando que tudo está bem, porque tudo que é conhecido por nós é seguro, já que não pode nos surpreender.

Mas sempre haverá algo em outros seres humanos que estará além do nosso olhar demorado. Algo que não observamos porque não nos importamos em observar. Às vezes, não percebemos o que está bem à nossa frente até alguém aparecer e apontar para aquilo, alguém com olhos isentos pela leveza da incerteza ou da ignorância. E é como se nossas próprias experiências mudassem de um segundo para o outro.

Às vezes não percebemos quando uma pessoa está infeliz. E pensamos: "Como pode ser infeliz alguém tão apaixonado? Como pode alguém ser infeliz quando nada mudou desde os tempos em que era feliz?". Queremos entender, porque conhecemos a pessoa, e ela simplesmente não é daquele jeito. Podemos consertar aquilo. Podemos mudar. Pode ser melhor. Ou não, porque é tarde demais. É sempre tarde demais. O erro foi a certeza, como quase sempre é. Os seres humanos são um mistério que não pode ser resolvido. O amor não é uma resposta. É apenas mais uma pergunta.

* * *

Escrevo isto hoje, tantas décadas depois, para só você ler. Porque sei que você vai guardar esta história no coração da mesma forma que guardou todas as ofensas que ouviu dele. Porque você precisa saber a verdade. E precisa me perdoar. Você me disse para confiar em você, na nossa ligação. Me ensinou a acreditar nas pessoas, mas principalmente em mim mesma. Você me punha para dormir toda noite, independentemente da exaustão que sentisse por causa do trabalho. Depositou uma confiança cega no meu futuro porque acreditava piamente que ele me reservava o melhor. E reservou mesmo. Hoje sei que tudo aconteceu da forma que precisava acontecer.

Não era normal dormir ao som de gritos e acordar assustada. Não podia ser normal. Você achava que eu não ouvia, fazia o possível para que eu não ouvisse. Mas eu não era mais uma menininha. Uma vez você me disse que a normalidade morava na rotina leve, nos passeios no parque, nas voltas de carro para me fazer dormir profundamente, nos domingos de filmes bobos no sofá da sala. Você me ensinou que o amor não demorava, que era simples, gentil, saudoso. O amor me acalentava. Então me diz, mãe, como um amor que acalenta pode deixar marcas no corpo inteiro? Como o amor poderia, sob qualquer hipótese, permitir que você fosse dormir chorando baixo de cansaço? Eu entendia desde o início que aquilo não tinha nada a ver com o seu trabalho. Te ouvia pedir para ele controlar os gritos e os murros na parede para não me acordar, mas, mãe, *eu nunca pegava no sono*. Sempre ficava acordada. No dia em que o tio Jonas apareceu em casa de surpresa e brigou com vocês dois, eu tinha escutado você suplicar por calma, paciência, numa esperança cruel de que algum dia vocês voltariam a ser o que tinham sido no começo. A mesma esperança que te tirou todo o brilho e te largou no fundo de um imóvel velho e desvalorizado. Meu Deus, como tentei te falar todos os dias o quanto eu não me importava com a ideia de família sólida que você havia me apresentado ao longo dos anos. Nada daquilo era importante para mim, porque era uma ilusão. Naquele momento não existia família além de nós duas.

Ele passou a reclamar do que o fizera ficar no começo de tudo. Decidiu açoitar o que antes era o motivo de permanecer. Condenou você dia após dia por seus trejeitos, como se não tivesse te conhecido exatamente daquela maneira. O pior, para mim, observando esse terremoto se formar dia após dia, não foi ver o que ele decidiu atribuir a você. Foi vislumbrar você aceitando cada fragmento de culpa, essa perda de identidade, te deixando incapaz de perceber a força que essas porções de insegurança pregavam na sua rotina a partir dali. Você não era mais a Diana, estilista renomada e respeitada, mãe leoa, amiga leal. Se transformou na Diana, namorada do Beto. Mulher dedicada que entendia o momento frágil pelo qual o namorado estava passando e por isso não media esforços para fazer tudo dar certo diante das intercorrências.

Naquele fatídico dia, um pedaço de mim morreu também. Cada vez que você mentia para suas amigas, dizendo que estava vestindo manga comprida porque estava com frio, eu fechava bem os olhos e desejava ele longe. Morto. Só assim ele te devolveria a paz: não fazendo mais parte deste plano. Aquela não foi a única manhã em que segurei calmamente as seringas na esperança de ter a coragem necessária para, enfim, tirá-lo de perto de você. Foram meses observando um pouco de cada noite de sono, tanto quando ele se juntava a você como quando ficava na sala, onde o corpo grande e robusto caía esmorecido no sofá depois de algumas doses de uísque. Essa parte da minha infância foi marcada por borrões de felicidade, lampejos de alegria que logo eram carcomidos pela voz alta e imperativa dele. E eu ouvia tanto das pessoas que era "tão esperta para a idade", mas a verdade é única e dolorosa: eu não tinha outra opção. Não me restou escolha além de ser arrancada do que deveria ter sido um período de descoberta para mim, de crescimento.

Se tenho lembranças felizes do meu final de infância e vivo tranquila até hoje, foi porque ganhei tios para a vida toda. Giulia, Ian, Jonas e Maya não se afastaram da gente depois. Fico contente, porque tudo o que veio antes virou memória borrada, embaçada pela presença de uma figura que assimilei durante anos como o vilão do filme da minha vida.

A verdade é que, se esta história fosse parar no cinema, a vilã seria eu.

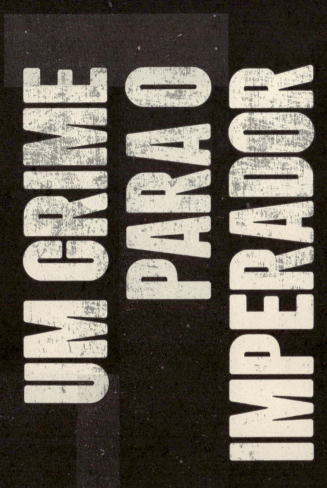

SAMIR MACHADO DE MACHADO

UM CRIME PARA O IMPERADOR

É NOTÓRIO, nos anais da história, que Sua Majestade Imperial, d. Pedro II, não tinha o costume de fazer visitas privadas às suas muitas amantes, preferindo que elas o visitassem na discreta reclusão de sua biblioteca. Se havia motivos específicos para tal arranjo, para além do mero comodismo, uma possibilidade pouco conhecida pode ter sido a que data do ano de 1859, quando o imperador, cedendo aos apelos da condessa de Barral, aceitou jantar na casa dessa senhora.

Já à época, as más línguas insinuavam que a bela e culta condessa era sua amante, enquanto as boas línguas calavam-se na certeza. Uma coisa que a curta experiência monárquica no Brasil ensinara aos Bragança eram os estragos que podem ser provocados à imagem internacional da nação quando majestades nativas são por demais indiscretas em seus romances extraconjugais — vide o desastroso desenrolar da vida amorosa do primeiro Pedro. Não que a imagem do Brasil no exterior fosse lá grande coisa naquele momento. Pelo contrário, andava péssima.

Mas voltemos ao início: cá tínhamos Sua Majestade Imperial, d. Pedro II, em seu coche a caminho da casa da bela e culta Luísa Margarida de Barros Portugal, condessa de Barral. Aguardava-o um jantar em *petit comité* com amigos e intelectuais com quem tanto a condessa quanto o imperador mantinham contato.

O coche parou, os lacaios abriram a portinhola, Sua Majestade desceu. Aos trinta e quatro anos, de cabelos e barba loiros, olhos azuis, puxara, dizia-se, mais à beleza da mãe, a imperatriz Leopoldina. Ao se ver diante da casa da condessa, o imperador lembrou-se da carta que dela recebera, com uma mecha de seus lindos cabelos castanhos, e sorriu. A essa carta respondeu com outra, em que afirmava: "Acredite que eu a amo com paixão, e esteja certa de que nunca senti, por quem quer que fosse, o que sinto por você". Tinham por acordo mútuo, claro, sempre queimar tais cartas, o que o imperador fazia com diligência; já a condessa, nem tanto.

— Majestade... — disse a condessa, vindo ao seu encontro no hall de entrada assim que os lacaios abriram as portas. — Como tem passado? Venha, já estão todos, naturalmente, à espera de Vossa Majestade.

O imperador subiu as escadas até a sala de estar, onde os demais convidados conversavam animadamente, regados a taças do champanhe que a condessa mandava vir da França com regularidade. Todos se puseram de pé quando o imperador entrou na saleta, enquanto d. Pedro II, dando conta do ambiente numa vista-d'olhos, reconheceu os convidados um a um.

E então seu sangue gelou.

Entre os presentes estava o diplomata Rodrigo Delfim Pereira, que todos sabiam ser filho bastardo de d. Pedro I e, portanto, meio-irmão do imperador. Vinha acompanhado de sua bela e culta esposa, d. Carolina de Bregaro, herdeira do Real Teatro São João e que, naquela mesma semana, recebera de Sua Majestade uma carta na qual este assegurava: "Acredite que eu a amo com paixão, e esteja certa de que nunca senti, por quem quer que fosse, o que sinto por você".

A esta, havia respondido enviando-lhe uma mecha de seus belos cabelos castanhos.

Também estava ali o conde de Villeneuve, dono do *Jornal do Commercio*, que vinha acompanhado de sua bela e culta esposa, Ana Maria Cavalcanti de Albuquerque, condessa de Villeneuve, que, ao se curvar e beijar a mão do imperador, lançou-lhe um olhar lânguido, quase cúmplice, ainda tendo na memória a carta secreta recebida dele, em que este assegurava: "Acredite que eu a amo com paixão, e esteja certa de que nunca senti, por quem quer que fosse, o que sinto por você". E à qual a condessa respondera, naturalmente, enviando-lhe uma mecha de seus belos cabelos castanhos.

Com isso, poder-se-ia afirmar duas coisas. Primeiro, que logo se via que o imperador tinha, por assim dizer, preferência por um tipo: a Sua Majestade agradavam as belas, morenas e ávidas leitoras. Como gostava de receber suas amigas na biblioteca, as damas já saíam de lá instruídas...

Quanto à segunda coisa que se podia concluir, a julgar pelo teor das cartas, era que ser culto não faz de ninguém necessariamente criativo.

Passou-se ao salão de jantar, onde os lacaios já haviam posto a mesa. Após as entradas com sopa de crustáceos e aspargos na manteiga, foi servida uma excelente perua à moda do Império e uma perua recheada com trufas, tendo como acompanhamento maionese de lagostas à Leopoldina.

Por fim, as sobremesas. Sabedora dos gostos de Sua Majestade, a condessa de Barral mandou preparar seu doce favorito: sorvete de pitanga. D. Pedro era um verdadeiro fanático por sorvetes em geral, e de pitanga em específico, vício ao qual, na meninice, sua gula cedeu em excesso, provocando a inflamação na garganta que lhe legou a notória voz fina — ou ao menos era essa a versão que corria. Foi enquanto servia-se aos comensais a sobremesa que a conversa, flanando sobre as grandes questões científicas de então, pairou sobre o trabalho do filósofo francês Arthur de Gobineau, que a condessa de Barral conhecia pessoalmente e com quem se correspondia. A condessa recomendou ao imperador a leitura de sua obra máxima, *Ensaio sobre a desigualdade das raças humanas*, em que o filósofo francês alertava para os perigos da miscigenação das raças e advogava sobre a superioridade dos brancos europeus, especialmente os ditos arianos de sangue germânico, sobre todos os demais povos do planeta. A obra havia sido muito bem recebida na Europa, em especial por quem tinha cabelos loiros, olhos azuis e ascendência alemã, mas bastante contestada por aqueles que não se encaixavam nos critérios estéticos de Monsieur de Gobineau.

— Ah, sim, lembro bem. Achei-o muito interessante, de fato — disse o imperador.

E, voltando-se aos demais à mesa, explicou-lhes com ar professoral:

— O sr. Gobineau crê que a miscigenação das raças levará inevitavelmente à degeneração física e intelectual ao dar origem a uma raça de pardos estéreis e cada vez mais ignominiosos. Ele é da opinião de que as virtudes necessárias para criar civilizações, como a honra e o amor à liberdade, só existem na raça branca europeia, a que chama de "ariana". E tais qualidades só poderão ser perpetuadas se a raça permanecer pura.

— Mas e os egípcios, os fenícios, mesmo os romanos...? — lembrou a condessa de Villeneuve.

— Segundo Gobineau — continuou Sua Majestade —, os povos latinos, os mediterrâneos e os judeus degeneraram-se devido ao excesso de miscigenação ao longo da história, ficando a salvo, dentre os europeus, somente os alemães, graças à pureza ariana de sua raça, que se vê agora, segundo o sr. Gobineau, condenada pela modernidade também à miscigenação e à degenerescência simiesca.

— Deus do céu! — reagiu a condessa de Villeneuve, lançando olhares para os criados, todos mestiços. — É de imaginar que ele não teria boa opinião sobre o Brasil caso algum dia viesse para cá.

— Um bom motivo para que se estimule, cada vez mais, a imigração de povos germânicos ao Brasil — afirmou a condessa de Barral. — Há experimentos sendo feitos nesse sentido, não? Em São Paulo, se não me engano?

— Depois daquele enorme constrangimento internacional gerado pela fazenda Ibicaba... — lembrou Delfim Pereira. — Tem sido necessário um grande esforço diplomático para convencer as nações amigas...

D. Carolina de Bregaro, que lançava ao imperador sorrisos e olhares significativos, os quais Sua Majestade tentava ignorar, viu-se subitamente distraída pela voz do marido e intrometeu-se na conversa:

— A fazenda Ibicaba? É aquela que pertencia ao senador Vergueiro, não? Lembro que houve um escândalo, não me lembro de que natureza. Não se tem mais ouvido falar dele. Por onde será que anda o senador Vergueiro?

A mesa foi tomada pelo silêncio.

Todos se entreolharam constrangidos.

— Senhora, o senador Vergueiro morreu... — disse o conde de Villeneuve.

— Foi?

— Mas, querida, não lê os jornais? — perguntou a condessa de Barral.

— Ora, leio... As resenhas literárias, a crítica do teatro — justificou-se d. Carolina. — Morreu quando? Morreu de quê?

205

— Faz alguns meses já. Tropeçou no tapete e bateu a cabeça, não foi? Não me lembro dos detalhes, li algo nos jornais — disse Delfim Pereira. — Enfim, uma fatalidade...

— Bem, quanto a isso, foi uma situação peculiar, muito peculiar... — interveio o conde de Villeneuve. — Havia certas dúvidas, certas suspeitas, inclusive quanto a ameaças de morte. Cousa digna dos mistérios do detetive Dupin de Poe. Cousas que, quando chegaram aos meus ouvidos, proibi que fossem publicadas, afinal eram só boatos...

— Conde, o senhor agora está *intimado* a nos dar os detalhes — disse a condessa de Barral, acenando para o criado servi-la de mais vinho.

— Claro. Naturalmente, creio que posso contar com a discrição de todos a respeito do assunto, e peço antecipadamente desculpas pela natureza vulgar do tema, digno das páginas policiais... Sua Majestade?

D. Pedro assentiu, autorizando-o a contar a história.

— Decerto estão lembrados dos detalhes envolvendo, justamente, a assim chamada "Revolta dos Imigrantes" da fazenda Ibicaba? — perguntou o conde.

— Vagamente — respondeu d. Carolina. — Faça-nos o obséquio...

* * *

Quando de sua passagem pelo Brasil durante a viagem do *Beagle*, em 1832, Charles Darwin registrou com indignação o caso de uma escrava de certa idade que, após ter fugido na companhia de outros escravos e tendo sido caçada por capitães do mato, viu-se encurralada à beira de um precipício, do qual preferiu pular para a morte a enfrentar a possibilidade de ser capturada. "Praticado por uma matrona romana, esse ato seria interpretado como amor à liberdade", escreveu o naturalista britânico em seus diários, "mas, vindo de uma negra pobre, disseram que tudo não passou de um gesto bruto". Darwin, filho de abolicionistas, concluiu, indignado: "Espero nunca mais visitar um país de escravos".

Um país de escravos e que se recusa teimosamente a deixar de sê-lo: eis tudo o que se diria do Brasil naqueles tempos. Mas aos poucos, lentamente até demais, surgiam iniciativas no sentido de mudanças. A fazenda Ibicaba foi uma dessas.

Seu dono era o senador Nicolau Pereira de Santos Vergueiro. Nascido em Portugal, onde se formou em direito, veio jovem para o Brasil. Envolveu-se na política e, após a independência, integrou a Regência Trina Provisória, representando os negócios agropecuários. Foi ministro da Fazenda e da Justiça e, por fim, senador vitalício por Minas Gerais. Pertencia, portanto, à fina flor da elite agrária nacional.

A fazenda Ibicaba era, a princípio, somente mais um dos muitos engenhos de açúcar que o senador Vergueiro possuía, mas sua gestão destacou-se ao longo dos anos pelo constante espírito de inovação. Foi das primeiras a trocar o plantio de cana pelo do café e a implementar o uso de arados; também recebeu cedo a tecnologia das máquinas a vapor. Por fim, fosse por simpatias abolicionistas, por limpeza racial do sangue nacional ou porque a Inglaterra aprovara a lei Aberdeen, pela qual os ingleses se permitiam deter qualquer navio suspeito de transportar pessoas escravizadas no Atlântico, a fazenda Ibicaba foi pioneira em trocar a mão de obra escravizada pelo trabalho de imigrantes europeus.

O plano parecia simples à primeira vista: o senador Vergueiro custeava a vinda dos imigrantes ao Brasil, e estes tinham de pagar pela viagem, em prestações, após a chegada. Uma vez aqui, trabalhavam de graça nos cafezais com a promessa de receber apenas após a colheita. Era o assim chamado "plano de parcerias". O que necessitassem de comida e roupas nesse ínterim eles podiam adquirir nas vendas dentro da própria fazenda, a crédito — com juros, claro.

Como as despesas das famílias se acumulavam, a estas eram oferecidos empréstimos — também com juros. Eis que chegava a colheita, as partes de cada "parceiro" imigrante eram pagas e via-se que, não podendo saldar a dívida da viagem nem a da comida, das roupas e do dinheiro tomado de empréstimo, ficava-se em débito, a ser saldado na colheita *seguinte*. Com juros, claro. Enquanto isso, se necessitavam de comida ou vestimentas, continuavam comprando ali mesmo na fazenda, a preços mais altos que o normal, é verdade, mas era o ônus de comprar a crédito. Com juros, claro. E foi assim que os imigrantes, em sua maioria suíços e alemães, descobriram o óbvio: que um país de escravizados é também um país de escravocratas.

Reunidos ao redor da figura do pastor luterano Thomas Davatz, os suíços e os alemães decidiram negociar direto com o patrão. Ah, quer dizer que achavam o acordo injusto? Que os juros estavam altos? Reclamações deviam ser dirigidas aos capatazes: estes já tinham a experiência de lidar com negro abusado, podiam muito bem lidar com imigrante abusado também. Os grandes proprietários de terras, fina flor da elite agropecuária nativa, não estavam acostumados com essa coisa de tratar gente subordinada como gente.

Estourou a revolta. Os imigrantes, reunidos, cercaram a casa-grande onde vivia o senador Vergueiro. Diziam-se enganados. Tinham pensado que viriam ao Brasil para se tornar pequenos e médios proprietários, não os novos escravos. Em pânico, o senador se viu acuado com a família e os capatazes.

Dois disparos foram ouvidos — diz-se que feitos pelo próprio senador. Dois imigrantes, pai e filho, morreram.

A repercussão foi péssima, como era de esperar. De volta à Suíça, o pastor Davatz escreveu um livro no qual denunciava que os colonos "não passam de pobres coitados miseravelmente espoliados, de perfeitos escravos, nem mais nem menos". Os jornais europeus acusaram o projeto de imigração no Brasil de ser um golpe. A Prússia proibiu a migração de sua gente ao Brasil. A Suíça enviou um inspetor para analisar a situação de seus emigrantes. E a questão da regulação das relações de trabalho no país se tornou urgente.

Quanto ao senador Vergueiro, acuado pelo escândalo, abandonou a política e retirou-se da vida pública, indo morar em seu palacete na avenida Paulista, onde viveu até a morte, naquele ano de 1859.

— É no palacete que a cousa adquire contornos peculiares — disse o conde de Villeneuve. — Lembro-me bem dos detalhes pois, além de ter sido fato recente, de três ou quatro meses atrás, o senador Vergueiro sempre foi de meu círculo de relações, desde seus anos como administrador do Rio de Janeiro nos tempos da Regência. Portanto, interessei-me em acompanhar o desenrolar das investigações de perto. Estes são os fatos como foram apresentados, pelo que então se apurou.

Ciente do efeito dramático de uma pausa naquele momento e apreciando ser o centro das atenções, o conde de Villeneuve se deteve e fez um gesto para que lhe fosse servida mais uma dose de vinho na taça que já estava vazia havia uns bons minutos. Ninguém disse uma palavra para não correr o risco de interromper o raciocínio do homem. Com a taça devidamente cheia, garantiu que todos os olhares estivessem voltados para si quando continuou:

— O senador foi encontrado morto ao anoitecer, quando a velha escrava que cuidava da cozinha subiu para levar-lhe o chá que costumava tomar no quarto. Não o encontrando no quarto, procurou na biblioteca. Como a porta estivesse trancada, buscou-o nos outros cômodos, sem sucesso, perguntando aos demais moradores da casa onde estava o senador. Certa de que da casa ele não havia saído, visto que seu casaco e seus sapatos permaneciam à entrada, decidiu que ele só podia estar mesmo era na biblioteca. Preocupada com o silêncio ao bater à porta, foi buscar a chave reserva que ficava guardada em um gabinete do escritório. Ao adentrar a biblioteca, eis que deparou com o senador tombado ao chão, de barriga para baixo sobre o tapete; seus pés estavam voltados na direção da porta, com a ponta do tapete levemente dobrada em sua direção; a cabeça apontava para a quina proeminente de sua pesada escrivaninha de mogno, e um pouco de sangue havia escorrido da cabeça para o tapete. A velha escrava gritou por socorro. Chamou-se imediatamente o médico da família, que constatou que o senador estava realmente morto, tendo quebrado o pescoço devido a um forte impacto no crânio, que teria resultado de queda provocada por tropeçar no tapete. Então chamou-se a guarda municipal.

— Mas, se a morte fora acidental, que necessidade haveria? — perguntou d. Carolina de Bregaro.

— Acontece, minha senhora, que nos últimos três anos, desde a Revolta dos Imigrantes, o senador Vergueiro vinha recebendo, com regularidade semestral, cartas com ameaças de morte escritas em alemão, francês e italiano, sempre nessa ordem. Todas anônimas. Os selos eram dos nossos, os coloridos "olhos de gato", o que indicava, portanto, que tinham sido postadas no Brasil, especificamente na província de São Paulo. Todas prometiam a mesma cousa: vingança pelas mortes dos dois imigrantes em Ibicaba. Na última vez em que estive com o senador, no final do ano passado, ele já havia mencionado o fato para mim. "Algum dia, mais cedo ou mais tarde, esses suíços vão me pegar", foi o que me disse. Então, naturalmente que a morte do senador Vergueiro, em quaisquer condições que se desse, seria alvo de uma investigação.

— Quem eram esses dois imigrantes mortos? — perguntou Delfim Pereira. — Naturalmente, é de se pensar que as ameaças viriam de parentes das vítimas.

— Pois então... os dois mortos neste caso foram Paul e Lars Müller, imigrantes suíços — explicou o conde. — Havia um terceiro Müller, Daniel. Era o filho mais moço de Paul e irmão de Lars, e após a tragédia foi viver com um parente distante, pastor luterano em Nova Friburgo. Ele foi investigado, mas não havia modo de ligá-lo às cartas anônimas, não apenas por estas terem sido postadas de São Paulo e ele viver na província do Rio de Janeiro, mas também porque eram escritas com letras e palavras recortadas de jornais. E, de todo modo, na tarde em que o senador morreu, Daniel Müller estava em Nova Friburgo, participando de um culto em sua igreja, informação que diversas testemunhas corroboram. Mesmo que ele tenha declarado, rancoroso, não lamentar a morte do senador Vergueiro, não havia nada que o incriminasse.

— Bem, então está claro que foi um acidente, não? — interveio a condessa de Villeneuve, impaciente com o marido. — É trágico, mas não há nada de extraordinário nisso, não é, Majestade?

E, voltando-se para o imperador, perguntou-lhe, mudando de assunto:

— A propósito, Vossa Majestade pretende passar este verão em Petrópolis, como de costume?

— O extraordinário, senhora minha esposa — retomou o conde antes que o imperador tivesse chance de responder —, é um detalhe que foi omitido de todas as reportagens e declarações públicas a respeito do caso. O extraordinário é um detalhe cujo conhecimento ficou restrito ao Corpo de Guardas Municipais, a alguns jornalistas, que o souberam por meios informais, e ao ministro da Justiça. Além de mim, é claro, que determinei silêncio absoluto sobre isso no *Jornal do Commercio*, pois o detalhe lançaria a sombra da suspeita sobre os demais moradores daquele palacete, criando um escândalo desnecessário numa questão que, de modo geral, estava em vias de ser encerrada.

— Deixe de suspense, senhor conde! — exortou-o a condessa de Barral, empolgada. — E diga logo o que é!

— O detalhe, senhora condessa, é que no lado oposto ao canto em que o corpo do senador foi encontrado na biblioteca, sobre o tampo do aparador de um armário de livros, havia um candelabro em prata de lei que todos na casa afirmaram com absoluta certeza não pertencer à biblioteca, e sim a um aparador do andar térreo. A base desse candelabro de prata, que tinha a forma de um quadrado com quatro patinhas de leão, era condizente com o formato da ferida no crânio do senador Vergueiro. E, coroando tudo, em uma dessas patinhas de prata havia uma pequena, porém perceptível, mancha de sangue.

As mulheres à mesa soltaram um suspiro horrorizado, e os demais ficaram em silêncio. Foi então que o imperador, falando pela primeira vez desde o início do relato, perguntou-lhe:

— A biblioteca estava fechada por dentro?

— Estava. A chave, inclusive, estava no bolso do colete do senador.

— Mas entendo que havia a tal chave reserva, de conhecimento de todos?

— Havia, mas não era de conhecimento de todos: apenas dos quatro habitantes e da escrava mais velha da casa.

— A hora da morte foi determinada? — perguntou d. Pedro II.

— Algum momento entre as quatro da tarde, quando o senador foi visto entrando na biblioteca, e as seis, quando a escrava tentou levar-lhe o chá.

— Então, ainda estava dia claro quando ele entrou no recinto, e não haveria motivo ou necessidade para que levasse o candelabro consigo até lá — concluiu o imperador.

— Consta que chovia bastante naquele dia, Majestade. Ainda assim, havia outros castiçais na biblioteca, se precisasse fazer uso de algum para iluminá-la. Portanto, não havia realmente motivo para aquele objeto estar ali. Mas, claro, ninguém sabia dizer quando ele fora colocado lá, pois não era algo em que se prestasse atenção.

— Como a polícia justificou a mancha de sangue no castiçal?

— Disseram que talvez tivesse... espirrado ali, na hora da queda.

As damas soltaram um grunhido de desagrado, mas seguiram atentas.

— Improvável, mas não impossível. Quem mais estava na casa com o senador Vergueiro naquela tarde?

— Apenas quatro pessoas: seu filho mais novo, seu secretário particular, sua sobrinha e a velha cozinheira escrava.

— E os demais escravos?

— Além dessa negra da cozinha, havia outros seis escravos no palacete: um jardineiro, um cocheiro, dois lacaios e duas mucamas. Naquele dia em específico, devido à chuva, todos estes, exceto a cozinheira, se recolheram por volta das quatro às suas habitações, que ficam numa edícula separada do palacete, aos fundos dos jardins.

— A senzala? — perguntou d. Carolina.

— É um palacete, senhora. Chama-se "dependência de serviço".

— Não havia mordomo na casa? — retomou o imperador.

— Houve um, chamado Antenor, um preto que acompanhou o senador a vida toda. Foi casado com a cozinheira, mas morreu no final do ano passado, crê-se que de um ataque súbito de apoplexia.

— E o que se pode dizer desses quatro habitantes que se encontravam no palacete naquela tarde? — questionou d. Pedro. — Por favor, diga quem eram, onde estavam e o que cada um relatou dos eventos daquela casa, naquele dia.

* * *

A única vantagem que o senador Vergueiro enxergava na viuvez era ter poupado sua esposa, Maria Angélica, de ver o nome da família no centro de um escândalo internacional nas manchetes dos jornais quando estourou a Revolta dos Imigrantes, dado que, na ocasião, ela já estava morta havia alguns anos. Com o filho mais velho assumindo os negócios e a administração das fazendas e o mais novo tendo partido para estudar direito na Alemanha antes mesmo de estourar a revolta, o senador isolou-se em seu palacete na Paulista, com a companhia apenas dos escravos domésticos e da sobrinha Rosa Maria, que, tendo chegado à avançada idade de vinte e nove anos sem se casar, era a solteirona da família.

Rosa Maria não era sobrinha de sangue do senador, mas sim de Maria Angélica, a falecida esposa. Seus pais haviam morrido quando a menina tinha quinze anos e, desde então, ela passara a viver de favor com os tios e primos na fazenda Ibicaba. Ensaiou-se um noivado entre ela e Rubro, o filho caçula do senador, mas o enlace foi rompido repentinamente. O motivo era desconhecido de todos, exceto dos noivos, e o rompimento causou grande decepção à família, sendo, conforme se acreditava, o principal motivo que levou Rubro a decidir estudar no exterior logo na sequência.

De Rosa Maria, dizia-se que tinha um temperamento doce e afável, que era moça prendada e fluente em francês e alemão. Ao contrário do esperado, o rompimento de seu noivado não pareceu deixar-lhe ressentimento. Ou, ao menos, ela distraiu-se da decepção amorosa desenvolvendo um interesse genuíno pela observação dos astros, de tal modo que a família, um pouco por afeto, mas também como compensação, a presenteou com um caro e moderno telescópio.

A revolta dos imigrantes na fazenda e a consequente morte daqueles dois suíços em particular, que, ao que consta, se deu diante de seus olhos — os dois filhos de Paul Müller tentavam entrar na casa-grande, o pai indo logo atrás, quando os dois disparos feitos pelo senador vitimaram o pai e um dos filhos —, causaram uma compreensível crise de nervos em moça tão sensível e delicada, ao que se seguiu uma profunda melancolia. Foi por essa razão que passou a viver com o tio viúvo em São Paulo: para que se distraísse com as urbanidades da capital. A moça, contudo, não se interessava por ir ao teatro ou a bailes, tinha de fato pouca ou nenhuma vida social, preferindo ficar sozinha em casa, tocando seu piano durante o dia e observando as estrelas em seu telescópio à noite.

Pouco antes de falecer, o senador havia incluído Rosa Maria entre seus herdeiros, deixando à sobrinha uma renda significativa que lhe daria conforto e independência financeira. O que de fato ocorreu, pois ela havia acabado de se mudar para a Corte, onde inclusive já encontrara um novo amor, com o qual estava em vias de se casar. Quanto à morte do senador em si, a srta. Rosa Maria diz ter passado a tarde toda sozinha na sala de música, ensaiando ao piano. E, ainda que todos na casa tenham confirmado que ela estivesse lá e escutassem o piano vez ou outra, não se pode dizer que tenha permanecido ali *o tempo todo*.

— Foi ela! — especulou d. Carolina, apressando-se.

— Mas como pode afirmar uma coisa dessas? — perguntou-lhe o marido.

— A herança, oras...

— Uma garota adorável, tão bem assistida pelo tio, não teria razão para um ato tão horrível contra quem lhe dava moradia — defendeu o conde de Villeneuve.

— Oh, mas quem pode garantir isso? — disse a condessa sua esposa. — Quando há dinheiro envolvido, irmãos podem se voltar contra irmãos, filhos contra pais... exemplos não faltam! E esse casamento... não é muito apressado? Ainda durante o luto...

— Quando enfim encontramos o amor, é normal ele nos arrebatar... Não concorda, Majestade? — disse a condessa de Barral, ao que d. Pedro pigarreou.

— Mas, se for esse o motivo, não se pode descartar então o filho caçula, o que foi estudar fora. O rapaz... Qual o nome dele? — perguntou o imperador, como modo de desconversar.

— Rubro. Rubro Vergueiro. É advogado formado, embora ainda não exerça a profissão... e vive agora em São Paulo — disse o conde de Villeneuve —, no próprio palacete onde seu pai morreu e que ele herdou.

— Prossiga com os fatos, conde — pediu o imperador, impaciente.

Rubro Vergueiro, o filho mais moço do senador, era um jovem de temperamento fleumático e disposição filosófica. Após completar seus estudos na Alemanha, regressara ao Brasil havia já dois anos, indo morar com o pai no palacete da Paulista enquanto buscava se estabelecer na profissão. Era fluente em francês, alemão, latim e grego antigo, com um interesse especial pela Antiguidade clássica, assunto sobre o qual poderia falar por horas, o que lhe dava ares um tanto pedantes e pernósticos, reforçados pelo hábito constante de corrigir a pronúncia e a gramática alheias.

Em São Paulo, aproximara-se do movimento abolicionista, no que contava, se não com a simpatia, ao menos com a tolerância do pai, e frequentava clubes republicanos, o que não agradava ao senador nem um pouco. Era considerado muito calmo e cordato, dir-se-ia mesmo um tanto frágil. Ninguém nunca o viu elevar a voz ou perder a têmpera, dir-se-ia até mesmo que era um sujeito um tanto frio e distante.

Até aquele dia. E é aqui que uma nova informação deve ser acrescentada: no dia da morte do senador, pai e filho tiveram uma séria discussão no escritório, no início da tarde. O que era estranho, pois, naquela mesma manhã, quando os quatro moradores se reuniram na sala de jantar para o desjejum, os ânimos e disposições entre todos eram os melhores possíveis. A correspondência do dia, trazida pelo lacaio junto dos jornais, não continha nada que justificasse um desentendimento.

Qualquer que tenha sido o motivo da discussão do início da tarde, ela se deu nos mais exaltados termos. A certa altura, escutou-se pela casa — isso todos confirmam, incluindo os escravos, que àquela hora ainda não haviam se recolhido — a voz do senador, aos berros, acusar o filho de "descarado, imoral e libertino" e dizer-lhe para "encerrar de imediato tais relações", que teriam potencial de "causar grande vergonha para a família".

    Quando questionado a respeito durante as investigações, Rubro disse que se desentendera com o pai devido aos excessos de sua vida de solteiro, ainda que não tenha explicado em detalhes que excessos seriam esses, além de sua falta de planos para o futuro e de perspectivas de casamento, ambas questões que desagradavam ao pai. É de se supor que o jovem Rubro, sendo moço bem-apessoado, advogado formado e solteiro, cedesse aos maus hábitos de muitos homens jovens e ricos, frequentando locais de má reputação e envolvendo-se com mulheres de vida airada. Ele era, naturalmente, herdeiro do senador e, com a morte do pai, ficaria livre para levar sem cobranças qualquer que fosse a vida desregrada que estivesse levando em segredo.

    Sobre a hora da morte, Rubro alegava ter passado a tarde toda no salão de jogos, sozinho. Os escravos confirmaram ter visto o rapaz jogando bilhar, mas, como estes já haviam se recolhido por volta das quatro da tarde, hora em que o senador foi visto vivo pela última vez entrando na biblioteca, ninguém poderia afirmar *com certeza* que Rubro permanecera ali o tempo todo.

    — Ora, então foi ele! Questão encerrada — especulou a condessa de Villeneuve, mais por querer acabar logo com aquela conversa e passar a assuntos menos mórbidos do que por de fato ter concluído alguma coisa.

    — Vejam, que absurdo — disse Delfim Pereira. — Há inúmeros homens que se deixam seduzir pelas... casas de má reputação, se foi este o caso. Todos, cedo ou tarde, levam uma carraspana dos pais pelos maus hábitos, mas nem por isso saem cometendo parricídio...

— O senhor meu marido parece nutrir simpatias por esse moço de vida desregrada — observou a esposa, d. Carolina, em tom de reprimenda, mas imediatamente lançando um discreto olhar para o imperador.

— De modo algum, de modo algum... Apenas estava sendo sensato...

— Não lhes parece mais óbvio — sugeriu a condessa de Barral — que as relações com "potencial de causar grande vergonha para a família" fossem o fato de ele frequentar clubes republicanos? Afinal, o pai foi tantas vezes ministro do Império...

— Oh, acho pouco provável — interveio o imperador. — É sabido que eu mesmo não me oponho a que haja um movimento republicano no Brasil. Eu inclusive abdicaria, como meu pai, se não me achasse mais capaz de trabalhar para a evolução natural da república. — D. Pedro gesticulou ao conde de Villeneuve. — Prossiga com os fatos, conde. Havia também o secretário particular do senador vivendo na casa, não é?

— Sim. Chama-se Joaquim Marinho, moço mulato, filho bastardo de um pároco que lhe bancou os estudos em direito — disse o conde.

O sr. Marinho, explicou o conde, havia sido colega de externato de Rubro e com ele formara fortes laços de amizade. Quando Rubro voltou ao Brasil, os dois se reencontraram em um clube republicano que frequentavam. Como Marinho havia também se formado e teria de sair da república de estudantes onde vivia, e vendo-se na iminência de precisar alugar moradia, sem dinheiro para fazê-lo, Rubro o convidara a morar no palacete com ele e o pai. Para que Joaquim Marinho não se constrangesse em aceitar a hospedagem, Rubro propôs ao pai contratar o amigo como secretário particular, coisa de que o senador andava necessitado.

Naquele dia, porém, pouco antes da discussão entre pai e filho, Joaquim Marinho fora chamado ao escritório e demitido. A conversa terminara com o senador avisando-o de que deveria ir embora da casa tão logo quanto possível. O motivo alegado para a demissão não fora nenhuma insatisfação com seu trabalho, mas sim o fato de que sua posição naquela casa era, acima de tudo, um favor feito pelo senador ao filho Rubro. Mandá-lo embora era, portanto, uma retaliação do senador ao filho. Também Rubro Vergueiro havia confirmado isso em seu depoimento.

Na tarde em que o senador foi assassinado, Joaquim Marinho alegou ter ficado em seu quarto a maior parte do tempo. Devido ao temporal que irrompia sobre São Paulo naquele dia, o sr. Marinho foi impedido de sair imediatamente da casa com suas coisas, como planejara. De fato, até havia tentado ir embora, e alguns escravos confirmaram tê-lo visto à entrada pronto para sair, no que foi impedido por Rubro, que só então tomou conhecimento da demissão do amigo e subiu até o escritório para tirar satisfações com o pai, dando início à discussão escutada por todos. O sr. Marinho, enquanto isso, voltou a seus aposentos e, para aliviar os ânimos, recostou-se para ler um dos últimos livros de Joaquim Manuel de Macedo, a constar, a fantasia O *fim do mundo*, algo sobre um cometa ou asteroide atingindo o globo. Ali ficou a tarde toda ou, ao menos, foi o que *ele disse*.

— Agora, sim! Este tinha um forte motivo — especulou a condessa de Barral.

— A demissão? — perguntou d. Carolina. — Ora, há gente sendo demitida todo dia, nem por isso empregadores são assassinados o tempo todo.

— Talvez. Mas o rapaz em questão é mulato — lembrou a condessa de Barral. — Deve-se levar em conta os desvios que podem ser provocados no sangue pela miscigenação — a condessa voltou-se ao imperador —, como, aliás, bem explica Monsieur de Gobineau, Vossa Majestade deve se lembrar.

— Ah, sim, lembro bem. Muito interessante, de fato — disse o imperador, sorrindo majestático, e voltou-se ao conde de Villeneuve. — Ainda havia uma última pessoa no palacete, conde.

— Ah, sim. A velha cozinheira.

O conde prosseguiu. Contou que d. Violeta havia sido escrava a vida toda, tendo nascido na própria fazenda Ibicaba, aquele centro dos dissabores da família. Ela e o marido, Antenor, haviam trabalhado a vida toda para a família Vergueiro, que, apesar das simpatias abolicionistas, não abria mão das facilidades de ter escravos, a principal sendo, é claro, não precisar pagar-lhes salário — ao contrário do que o senador acabara vendo-se obrigado a fazer em Ibicaba para resolver os conflitos com os imigrantes. Ao mudar-se para o palacete da Paulista, o senador levou os dois consigo, ela como cozinheira e Antenor como mordomo, funções que já exerciam na casa-grande da fazenda. Era importante mencionar que, como de praxe com escravos que serviam à família por muitos anos, o senador prometera em testamento a alforria de Violeta e Antenor na ocasião de sua morte.

Porém, meses antes de o senador morrer em sua biblioteca, foi o marido de d. Violeta quem faleceu, vitimado por um súbito ataque apoplético. Era opinião de todos na casa que a velha escrava se tornara, desde então, uma figura amarga e ressentida. Também é digno de nota que d. Violeta, que cuidara de Rubro desde a infância, tendo sido sua mãe preta, nutria pelo rapaz grande carinho e simpatia, um afeto inversamente proporcional ao que demonstrava sentir pelo jovem sr. Marinho, que considerava, em suas próprias palavras, "um mulato abusado" que não sabia "o seu lugar".

Segundo a velha declarou à polícia, Marinho foi demitido do posto de secretário por ser "uma má influência para o sr. Rubro". Garantiu ainda que, desde o momento em que o vira entrar naquela casa, sentira que "o rapaz não prestava", mas na ocasião não disse nada a ninguém, pois ela, sim, sabia "o seu lugar".

Na tarde em que o senador Vergueiro morreu, d. Violeta passou o tempo todo na cozinha, só saindo de lá para levar-lhe o chá ao final do dia. Ao menos isso foi o que *ela disse*, uma vez que, após os demais escravos terem se recolhido às dependências dos fundos, ninguém mais poderia confirmar. Após a morte do senador, ela enfim ganhou sua alforria. Com o dinheirinho que foi juntando ao longo da vida e com um tanto mais que Rubro lhe dera, a velha comprou o barraco onde mora sozinha e vive de fazer doces para vender.

— Aí está! — disse a condessa de Barral. — Chegou aos ouvidos do pai a má influência que esse advogado mulato exercia sobre o filho, e o senador decidiu demiti-lo. Se não foi esse mesmo sr. Marinho quem o matou, no mínimo ele incentivou o filho sensível e influenciável a matar o pai, como Iago faz com Otelo.

— Então descartam que tenha sido a própria cozinheira a assassina? — perguntou o conde de Villeneuve.

— Não, eu não a descartaria em absoluto — disse-lhe a esposa. — Pode-se imaginar que, após uma vida esperando pela alforria que nunca vinha, e tendo visto o marido morrer antes de isso acontecer, ela tenha decidido acelerar o processo, por assim dizer.

— Um ressentimento crescente — propôs Delfim Pereira — e cada vez mais duradouro devido aos longos anos de fidelidade.

— Mulheres idosas podem se tornar surpreendentemente amargas — concordou d. Carolina.

— Mas ela teria forças para acertar um golpe que matasse o senador? — questionou o conde de Villeneuve.

— Não a julgue pela idade — disse Delfim Pereira. — Essas velhas cozinheiras, acostumadas a sovar a massa do pão com as próprias mãos e a torcer pescoços de frango, podem ter grande força.

— Estamos muito mórbidos hoje — resmungou d. Carolina.

— Vamos passar à sala de estar e aos licores — propôs a condessa de Barral.

* * *

— *Crème de cassis*? — ofereceu o lacaio com a bandeja.

D. Pedro II aceitou um cálice. Sentado em uma confortável poltrona enquanto os demais acomodavam-se em outras poltronas, divãs e sofás, Sua Majestade pigarreou e dirigiu-se ao conde de Villeneuve.

— Senhor conde — disse o imperador —, há uma peça ausente nesta história, algo que ainda está faltando para que a ordem exata dos eventos faça sentido, e creio que o senhor deve ter percebido qual é. A família toda, e mais o secretário, toma seu desjejum na sala de jantar em plena harmonia, e de repente, ao final da manhã, tudo vem abaixo. Os hábitos dissolutos do filho, sejam lá quais forem, são descobertos pelo pai, o secretário é demitido, por estar de alguma forma ligado aos maus comportamentos do filho, o filho toma o partido do amigo e discute com o pai. E, após isso, cada um alega ter passado a tarde num diferente cômodo da casa, a constar, o sr. Rubro no salão de jogos, a srta. Rosa na sala de música, d. Violeta na cozinha, o sr. Marinho em seu quarto e o senador na biblioteca, onde foi assassinado. Mas há algo faltando, senhor conde.

Era a vez do imperador de fazer sua pausa dramática e analisar a expressão intrigada na face de seus convivas. Bebeu um gole de seu *crème de cassis* e prosseguiu:

— Independentemente de quem tenha cometido o crime, falta saber quem desencadeou a crise. É de se supor que não teria sido nem o sr. Rubro Vergueiro, pois não era de seu interesse que o pai o incomodasse sobre seus hábitos libertinos, nem o sr. Marinho, por fidelidade ao amigo que lhe conseguira emprego e moradia. Restam a velha escrava, que se ressentia daquele moço mulato com tantas liberdades na casa, e a srta. Rosa, que poderia ter guardado algum rancor em relação ao fim de seu noivado com o sr. Rubro. E mesmo assim... por que naquele dia, e não no dia anterior, no dia seguinte, talvez nunca? Estamos falando de um homem que recebia ameaças de morte regulares.

— Bem, houve uma carta — disse o conde de Villeneuve, murmurando, pensativo. — Era peculiar, mas nada de grande consequência...

— Que carta? — perguntou d. Pedro.

— Cartas, cartas, sempre há as cartas... — disse a condessa de Barral, ganhando em resposta um olhar de censura do imperador.

— A correspondência do dia foi entregue pela manhã, durante o desjejum — respondeu o conde de Villeneuve. — As cartas foram alvo da investigação, naturalmente, mas a princípio não havia nada que se pudesse relacionar com a morte do senador. Havia os jornais do dia, uma carta de um amigo do sr. Rubro, enviada da Alemanha, e uma missiva endereçada ao senador Vergueiro, com uma mensagem que não fazia sentido para ninguém além de, talvez, ele mesmo.

— Como assim? O que dizia a carta? — perguntou o imperador.

— Oh, era muito tola. Uma mensagem curta, acompanhada de um poema ou charada. Possivelmente a brincadeira de algum amigo, vá saber!

— O senhor seria capaz de lembrar o conteúdo da carta?

— Oh, naturalmente! Eu a vi com meus próprios olhos e, ainda que não me parecesse ser nada de grande consequência, me marcou a memória pelo inusitado de suas rimas. Era assim:

> *O gigante se chamava Mimas,*
> *O escravo se chamava Ariel*
> *E o rei Tritão com suas rimas*
> *Mantinha Europa muito fiel.*
>
> *Mas não pode o titã Hiperião*
> *Ser derrotado pelo rei Oberão*
> *Nem mesmo o titã Jápeto*
> *De Encélado deter o ímpeto.*

— A carta terminava com uma mensagem curta: "Dê a devida atenção ao nosso bom amigo, ainda que você não concorde. Do seu caro Helvécio". De acordo com todos que estavam presentes à mesa, o senador Vergueiro a abriu enquanto tomava o desjejum e, após tê-la lido, lançou-a sobre a mesa sem fazer muito caso, dizendo não se lembrar de nenhum sujeito com tal nome. O sr. Marinho a leu em voz alta e perguntou ao sr. Rubro se aquela bobagem não seria a brincadeira de algum de seus amigos classicistas, mas tampouco o sr. Rubro se lembrava de conhecer alguém com tal nome. O poema, na opinião de todos, era simplório e simplesmente não fazia sentido.

O imperador escutou com atenção, mas não disse nada.

— Isso é interessante — falou o sr. Delfim Pereira. — Parece ao mesmo tempo muito aleatório e muito específico, dadas as circunstâncias daquele dia. Queria que fosse possível ver a expressão que os demais fizeram ao escutar a leitura. O sr. Rubro poderia muito bem ter reconhecido nessa relação de divindades gregas e romanas alguma mensagem...

— Também o sr. Marinho era muito versado em leituras — lembrou a condessa de Villeneuve. — Não o descarte ainda. Até mesmo a cozinheira, vá saber? Ela provavelmente estava na sala, servindo-os.

— Mas percebem, então, a dificuldade da polícia? — disse o conde de Villeneuve. — Não há como se extrair nada disso. Certamente as inúmeras menções à mitologia greco-romana fazem pensar que a mensagem poderia significar algo para o filho Rubro, mas ela é totalmente *nonsense*, como dizem os ingleses. Não há como tirar disso alguma resposta, então encerrar o caso como uma queda acidental pareceu a todos mais sensato do que deixar a sombra de outro escândalo pairando sobre tão honrada família...

— Quem se poderia dizer que saiu mais beneficiado com tudo isso? — perguntou a condessa de Barral.

— Os mais beneficiados, certamente, foram o sr. Rubro, que afinal recebeu sua parte da herança e segue vivendo no palacete da avenida Paulista, entregue a quaisquer que sejam os vícios libertinos que seu pai o acusou de manter... Se bem que, é preciso dizer, se isso era verdade, então o jovem é *muito discreto*, pois não se sabe de nada que manche sua reputação na sociedade paulistana. E a srta. Rosa, que, como sabemos, com sua parte da herança se mudou para o Rio de Janeiro, onde rapidamente encontrou um novo amor e já planeja se casar. Mas não se podem descartar também os outros dois... A cozinheira ganhou sua alforria e agora vive com liberdade o que lhe resta de vida. Já o sr. Marinho...

— Sim, é mesmo! Que fim levou o sr. Marinho, por sinal? — perguntou a condessa de Villeneuve. — Onde está agora?

— O sr. Marinho segue vivendo no palacete, junto do sr. Rubro, que agora o contratou como *seu* secretário particular. E, segundo dizem por aí, é tratado pelo amigo com muitas regalias...

O imperador escutou tudo aquilo e sorriu um pouco, afundando na poltrona.

— Majestade, se me permite a ousadia, conheço esse sorriso — disse a condessa de Barral. — O que pensa disso tudo?

— Penso que a situação toda está bastante clara agora — disse d. Pedro II.

— Está? Por Deus, Majestade, diga-nos então suas conclusões, pois a mim segue sendo um enigma — disse o conde de Villeneuve.

O imperador ergueu-se da poltrona e caminhou lentamente até a estante onde a condessa de Barral guardava os livros, correndo os dedos pelas lombadas.

— A carta é perfeitamente óbvia — disse ele. — Os arcadismos do texto nos fazem pensar, naturalmente, nas divindades dos panteões romanos, na titanomaquia e na gigantomaquia dos gregos, uma astúcia que nos leva a crer que o poema, fosse qual fosse sua mensagem críptica, pudesse ser direcionado ao jovem Rubro Vergueiro, um notório classicista, ou mesmo ao secretário, seu colega de estudos. Mas há um detalhe sutil que de imediato salta aos olhos: Ariel e Oberão *não pertencem* à mitologia grega. São, isto sim, personagens de Shakespeare. O primeiro é o nome de um espírito do ar na peça A *tempestade*, e o segundo é o rei dos elfos de *Sonhos de uma noite de verão*. Mesmo assim — continuou o imperador, claramente satisfeito pela oportunidade de expor de maneira tão didática seus conhecimentos literários —, quem tentasse estabelecer uma relação entre essa mistura de personagens seguiria recaindo em erro. Pois, vejam bem, não se trata de nomes de personagens da mitologia ou mesmo do teatro...

O imperador tirou da estante um grosso volume, exibindo aos demais a capa de couro em que as palavras *Dicionário de astronomia* estavam gravadas em letras douradas, circundadas por desenhos dos planetas do sistema solar.

— São nomes de satélites. — D. Pedro II sorriu. — Mimas é uma das luas de Saturno. Ariel é uma das muitas luas de Urano e uma das mais recentes descobertas da astronomia. Tritão é o maior dos satélites de Netuno. Europa é a menor das quatro luas galileanas a orbitar Júpiter. Hiperião é uma lua de Saturno conhecida por sua forma irregular. Oberon é outra lua a orbitar Urano, e, por fim, Jápeto e Encélado são ambos satélites de Saturno. — O imperador recolocou o livro em seu lugar na estante e voltou-se para a condessa de Barral. — Minha cara, poderia fazer-nos o obséquio de pegar papel e caneta e anotar todos esses nomes em uma folha, por gentileza? Escreva-os um abaixo do outro.

A condessa fez como solicitado, anotando os nomes um por um.

— Agora, leia com atenção as iniciais de cada nome.

Ela leu.

> Mimas
> Ariel
> Tritão
> Europa
> Hiperião
> Oberão
> Jápeto
> Encélado

— Meu Deus... — A condessa chegou a tremer, em seguida entregando a folha ao conde de Villeneuve, que a fez passar entre os demais na sala.

— Mas não entendo... A carta não era endereçada ao próprio senador? — questionou Delfim Pereira.

— Um estratagema eficiente — disse d. Pedro II, sentando-se de volta na poltrona. — Seria natural que o senador, recebendo aquela carta estranha enviada por um desconhecido, a mostrasse aos demais da casa.

— Mas então a carta era um sinal? — concluiu d. Carolina de Bregaro. — Um sinal macabro para que se cometesse um crime? Mas... quem...?

— Não é óbvio? — disse o imperador. — Só havia uma pessoa naquela casa que se interessava por astronomia, a tal ponto que a família a presenteara com um telescópio. É um gosto bastante específico e incomum, e um que a srta. Rosa adquiriu *após* o fim de seu noivado com Rubro Vergueiro e *antes* de se mudar para São Paulo, quando *ainda vivia* na fazenda. Sabemos agora que alguém de fora do círculo familiar mantinha-se em contato com a srta. Rosa utilizando-se de poemas em código cuja chave dependia exclusivamente dos conhecimentos astronômicos da menina. Alguém, portanto, que conhecera Rosa *muito bem*, que nutria grande ódio pelo senador Vergueiro e que assinou com o pseudônimo de Helvécio.

— O rapaz... — disse o conde de Villeneuve. — O filho de Paul Müller e irmão de Lars Müller, as duas vítimas dos tiros disparados pelo senador contra os imigrantes.

— A casa-grande estava cercada pelos revoltosos, não estava? — lembrou d. Pedro II. — Negociações tensas estavam em andamento, e os Müller tentaram invadi-la, sendo recebidos a bala. Mas teria sido realmente uma invasão? Supondo que o rapaz... Qual era seu nome...? Daniel Müller. Supondo que o sr. Daniel Müller, um suíço e, portanto, um *helvético*, fosse quem se correspondia com a srta. Rosa, então é de se supor também que tenha sido naquela época, antes da Revolta dos Imigrantes, que os dois se conheceram. É de se supor ainda que, numa situação tensa como aquela, em que os nervos estavam à flor da pele e não se sabia o que poderia resultar do confronto da casa-grande com os imigrantes, o jovem Daniel Müller tenha tentado heroicamente entrar na casa, preocupado com a dama pela qual estava apaixonado. E que seu pai e seu irmão, indo atrás na tentativa de impedi-lo, ou mesmo tentando ajudá-lo a entrar, tenham sido alvejados. É notório que a srta. Rosa ficou imensamente abalada pelos eventos da revolta, e, por mais trágicas que tenham sido as ações daquele dia, é de se perguntar: por que ela teria ficado tão abalada com algo que, em tese, não a envolvia diretamente? Ergo, Rosa Maria e este Daniel Müller mantinham um relacionamento em segredo. A morte do pai e do irmão de Daniel pelas mãos do senador Vergueiro se interpôs, de forma trágica, a qualquer possibilidade de enlace entre ambos.

— Mas por que justo naquele dia? Por que "mate hoje" e não em qualquer outro momento? — perguntou o conde de Villeneuve.

— Isto podemos apenas especular... — disse o imperador. — Ela devia já estar à espera da chegada daquela carta a qualquer hora. Algo havia muito esperado deve ter enfim se concretizado. O que poderia ser? Talvez alguém tenha encontrado a oferta imobiliária ideal na Corte, e dinheiro para a aquisição seria necessário muito em breve? E é evidente agora que foi a própria srta. Rosa quem, estando bem informada sobre a vida secreta de seu primo, denunciou seus hábitos libertinos ao senador. As mulheres são muito perceptivas...

O imperador lançou um olhar levemente constrangido em direção à condessa de Barral, à condessa de Villeneuve e a d. Carolina de Bregaro. Ele continuou:

— Ela usou disso para desencadear a crise familiar que lhe daria a oportunidade perfeita. Parece horrível? Sim, parece. Mas quem, se não Deus, sabe o que uma mulher apaixonada é capaz de fazer? Ainda mais quando, já passando da idade de se casar e cega de amor por um homem com quem não poderia se unir com o aval do tio, vê em um crime a única saída para sua situação? Se aceitarmos essa hipótese, então tudo se encaixa: a carta é lida pelo senador durante o desjejum, o código é recebido. Naquela manhã, a srta. Rosa o procura para contar-lhe algo a respeito da vida pessoal de seu primo Rubro, algo que ela sabia de antemão e havia silenciado, mas que...

— Isso não ficou claro para mim — falou d. Carolina de Bregaro, indelicadamente interrompendo Sua Majestade. — O que poderia ser?

— Ora, minha senhora — disse o imperador. — Note que, assim que fica sabendo do que quer que seja que Rosa lhe tenha contado, não é o filho quem o senador chama, e sim seu secretário, sr. Marinho, comunicando-o de sua demissão. O sr. Rubro só se envolve na questão ao ver o amigo à entrada, pronto para partir, cousa que ele o impede de fazer. Então o que faz? Sobe ao escritório para confrontar o pai, ocasião em que ambos discutem aos berros, e o senador diz ao filho que seu comportamento era "descarado, imoral e libertino", ordenando-lhe "encerrar de imediato tais relações", com potencial de "causar grande vergonha para a família". E que comportamento poderia ser esse, num rapaz de hábitos discretos e com tanto apreço pelo... classicismo de gregos e romanos? E que parece envolver tão proximamente seu amigo de externato, o qual, por sinal, segue até hoje vivendo ao lado do amigo naquele palacete, mesmo após a tragédia? O que pode ser isso senão o terrível vício do "amor grego" que acometia Alexandre, o Grande, e o imperador Adriano?

— Oh, então o sr. Rubro e o sr. Marinho...? — disse d. Carolina.

— São, para todos os efeitos, *apenas bons amigos* — disse o imperador. — Uma vez que aqui estamos apenas no campo das conjeturas. E é dentro das conjeturas que podemos supor que tal segredo, ao qual se pode creditar o fim do noivado entre o sr. Rubro e a srta. Rosa, foi usado para criar uma distração. Caso a possibilidade de um acidente não fosse aceita, todas as suspeitas levariam a Rubro ou, talvez, ao sr. Marinho. E, se mesmo isso não levasse a nada, havia as cartas com ameaças que o senador recebera ao longo do tempo, escritas em muitas línguas e todas postadas de São Paulo. Talvez fossem legítimas. Talvez tenham sido escritas pela própria moça, o que comprovaria seu longo planejamento. De todo modo, a morte do senador trouxe benefícios para absolutamente todos que estavam dentro daquele palacete naquela tarde, de modo que a tese da morte acidental era a mais conveniente a todos.

— Mas, então, a srta. Rosa... — disse a condessa de Barral.

— A srta. Rosa foi quem matou o senador, na biblioteca, com o candelabro — completou d. Pedro II. — Em algum momento entre as quatro e as seis da tarde, após ter pegado o candelabro de prata do aparador, ela entrou na biblioteca e, aproveitando um momento de distração, golpeou-o no crânio com a base pontiaguda do objeto — completou o imperador. — O senador caiu de bruços, ao lado da escrivaninha, ficando numa posição, ou sendo colocado nela, que fizesse quem o visse julgar que morrera ao bater com a cabeça na quina da escrivaninha. O que o teria derrubado? O detalhe de dobrar a ponta do tapete para simular o tropeço foi engenhoso. E acredito que, se verificado, descobrir-se-á que o noivo com quem tão apressadamente a srta. Rosa está para se casar é o próprio Daniel Müller. O Rio de Janeiro, é claro, está muito mais perto de Nova Friburgo, cidade de forte presença de imigrantes suíços, do que São Paulo. Se, no seu provável nervosismo, a srta. Rosa não tivesse esquecido o candelabro na biblioteca, teria sido um crime perfeito, pois deste não haveria indício algum.

O conde de Villeneuve, tendo em mãos o papel no qual a condessa de Barral anotara o nome dos satélites, o olhou atônito.

— Majestade... — balbuciou o conde. — O senhor... acaba de solucionar um mistério sobre o qual nem a guarda municipal de São Paulo nem o Ministério da Justiça conseguiram extrair sentido...

— Não deveríamos... alertar alguém? — sugeriu Delfim Pereira.

— E lançar as sombras de não um, mas *dois* escândalos, sobre uma das mais tradicionais famílias de cafeicultores paulistas? — questionou o imperador. — Não vejo que bem isso possa fazer a essas alturas. Além disso, a Coroa jamais se envolveria em assuntos tão... mundanos.

— Mas a mulher cometeu um assassinato a sangue-frio e sairá livre, sem qualquer punição? — horrorizou-se a condessa de Barral.

— Não, claro que não. Ela terá que lidar com os remorsos de sua consciência, se ainda tiver alguma. De todo modo, há uma justiça maior à qual todos prestarão contas, cedo ou tarde. Não há? Não será a primeira e certamente não será a última pessoa a circular pela sociedade carregando em seu íntimo um segredo terrível. Quem pode dizer o que se esconde no coração dos homens? Ou das mulheres?

Todos na sala de estar ficaram em silêncio.

A noite, que começara cheia de frescor e leveza, terminava sobrecarregada pelo peso macabro da morte, do assassinato e dos segredos terríveis que as famílias guardam. Houve uma troca de olhares constrangidos entre todos. Sua Majestade não havia percebido que, ao compartilhar a solução do mistério e ao mesmo tempo impossibilitá-los de denunciar o culpado, tornava todos ali cúmplices indiretos do crime. A morbidez daquela ideia pareceu percorrer a mente de todos. Não havia mais ambiente para conversas leves e mundanas.

D. Pedro II, imperador do Brasil, suspirou em desalento, desejoso da reclusão em sua biblioteca. Acenou para o escravo de pé ao lado da bandeja de licores e pediu:

— Mais um pouquinho de *crème de cassis*.

SOBRE OS AUTORES

BEL RODRIGUES nasceu em 1994 e mora no interior de Santa Catarina desde então. Formada em Comunicação Social e pós-graduada em Criminologia e Direito Penal, ela lê e fala sobre livros na internet, escreve em tempo integral e joga qualquer jogo de gato nas horas vagas. Em 2018, publicou o best-seller *13 segundos*.

FELIPE CASTILHO é escritor e roteirista, cria histórias de fantasia e horror, tanto na prosa quanto nos quadrinhos. Foi indicado ao Prêmio Jabuti de 2017 com o quadrinho *Savana de Pedra* e em 2020 com o romance *Serpentário*. Ainda no campo narrativo, escreve para animações e para o mercado de games.

JIM ANOTSU é escritor, tradutor e roteirista. É autor de *A batalha do Acampamonstro* e *O serviço de entregas monstruosas*, livro vencedor do CCXP Awards e do Prêmio Odisseia de Literatura Fantástica 2022 e finalista do Prêmio Jabuti 2022, entre outros. Seus romances estão publicados em mais de 13 países.

LUISA GEISLER nasceu em Canoas (RS). É escritora, tradutora literária e doutoranda no Departamento de Espanhol e Português na Universidade de Princeton. Venceu o APCA de literatura com *Enfim, capivaras*, o Açorianos com *De espaços abandonados* e foi co-autora do vencedor do Jabuti *Corpos Secos*.

SAMIR MACHADO DE MACHADO nasceu em Porto Alegre em 1981. É escritor, tradutor e doutorando em Escrita Criativa pela PUC-RS. É autor de *Homens elegantes*, *Tupinilândia* (Jabuti de melhor romance brasileiro publicado no exterior), co-autor de *Corpos Secos* (Jabuti de melhor romance de entretenimento), e publicou o romance policial *O crime do bom nazista*.

Este livro foi impresso pela Lis gráfica, em 2023,
para a HarperCollins Brasil. O papel do miolo é
Pólen Natural 70 g/m², e o da capa é Couchê 150 g/m².